후아유

조진행 판타지 장편소설

FANTASY STORY & ADVENTURE

6

dream books
드림북스

후아유(Who are you) 6

마법사들의 나라

초판 1쇄 인쇄 / 2011년 9월 1일
초판 1쇄 발행 / 2011년 9월 9일

지은이 / 조진행

발행인 / 오영배
편집팀장 / 신동철
책임편집 / 박민선
편집디자인 / 신경선
펴낸 곳 / (주)삼양출판사 · 드림북스

주소 / 서울특별시 강북구 송천동 322-10호
대표 전화 / 02-980-2112 팩스 / 02-983-0660
편집부 전화 / 02-980-2116 팩스 / 02-983-8201
블로그 / blog.naver.com/dreambookss

등록번호 / 제9-00046호
등록일자 / 1999년 3월 11일

값 9,000원

ISBN 978-89-542-4448-0 04810
ISBN 978-89-542-4103-8 (세트)

* 지은이와 협의하에 인지는 생략합니다.
* 잘못된 책은 구입한 곳에서 바꾸어 드립니다.

후아유
조진행 판타지 장편
6
FANTASY STORY
마법사들의 나라
dream books
드림북스

후아유

6 마법사들의 나라

Contents

제1화

보편적 가치

강유진이 빌딩에 붙어있는 번지수를 힐끔 올려다보았다.

102라는 아라비아 숫자가 뚜렷이 보였다. 김미연이 문자로 보낸 페데랄 스트리트 100번지의 옆 건물이었던 것이다.

문득 '필드 테스트를 충분히 거치지 않았지만 믿을 만할 겁니다' 라고 했던 팀장의 말이 떠올랐다. 생각해 보니 범인과의 통화 시간은 채 1분을 넘기지 못했다. 그 짧은 시간에 이 정도 위치까지 추적해내다니? 한국의 과학 기술이 놀라울 뿐이다.

멕시코 남자는 '무서운 한국 남자가 이 건물에 살고 있다' 고 했다.

강유진은 빌딩의 현관으로 들어갔다.

엘리베이터 옆으로 입주해 있는 기업체의 이름이 보였다.

당장 눈에 보이는 것만 다섯 개다. 하지만 상호를 올리지 않는 회사도 있을 것이다. 게다가 납치범이 보란 듯이 유령회사의 이름을 올렸을 리도 없다.

'이제 어쩐다.'

호랑이 굴까지 왔는데, 의외로 구멍이 여러 개다. 그렇다고 일일이 들어가서 확인해 볼 수도 없는 노릇.

잠시 고민하던 강유진은 김미연에게 전화를 걸었다.

"김 과장님, 범인은 102번지의 건물에 있는 것 같습니다. 그런데 입주해 있는 회사가 제법 많네요. 최근에 주인이 바뀐 사무실을 알아낼 수 있을까요?"

답답해서 물으면서도 강유진은 큰 기대는 하지 않았다. 김미연이 FBI가 아닌 이상 그런 것을 알아낼 수 있을 리가 없을 거라는 생각에서다.

하지만 김미연은 의외로 담담히 대답했다.

"네, 15분만 기다려 주세요."

강유진은 전화를 끊고 다소 멍한 표정이 되고 말았다.

어렵겠다가 아니라 15분만 기다려 달란다. 기대하지 않았는데 시간까지 정해 줄 줄이야?

* * *

"앤디, 지금 이상한 아시안(Asian) 하나가 얼쩡거리는데."

"아시안?"

침대에 비스듬히 기대어 TV를 시청하고 있던 앤디가 창가로 다가갔다.

"저길 봐."

오스틴이 망원경을 건네주며 한쪽을 가리켜 보였다.

앤디는 망원경을 받아들고 오스틴이 말한 남자를 유심히 살폈다.

"음. 처음 보는 얼굴인데, 자네는 누군지 알겠나?"

"나도 모르는 남자야."

오스틴이 망원경에서 눈을 떼지 않고 중얼거렸다.

"흐음, 아무리 아시안들의 얼굴이 비슷하게 생겼다지만, 저렇게 잘생긴 얼굴은 표시가 나기 마련인데. 우리가 모르는 사람이라면, 역시 새로운 인물이겠지?"

"제길, 미국 땅에서 아시안들이 범죄를 저지르고 다니는 걸 구경만 하고 있어야 한다니! 어이가 없다 못해 화가 날 지경이야!"

"……."

망원경을 다시 앤디에게 넘겨주던 오스틴이 피식 웃었다.

"이봐, 진정하라고. 우리는 CIA야. 언제라도 그걸 잊어서는 안 돼."

"아무리 그렇다고 해도, 저 미친놈은 여자와 아이를 납치까지 했잖아. 게다가 아까는 여자의 손가락을 잘랐다고. 그걸 그냥 모른 척해야 하다니…… 이건 뭔가 잘못되고 있는 거야. 우리도 선을 넘어간 적은 없잖아."

"무슨 선?"

"욕먹을 짓은 했지만, 그래도 보편적인 가치는 지켜 왔다는 말이지. 그런데 저놈은 아니야, 완전히 미쳤다고."

"그거라면 나도 동의해. 저놈은 미쳤어. 그래서 CIA에서 잘린 거잖아. 그러고도 용케 살아서 돌아다니는 걸 보면 신기하지만."

"저런 미친놈이 세상을 활보하게 해서는 안 되잖아. 당장 체포해야 하는 거 아냐? 지금까지 저놈이 한 짓들을 생각하면 종신형 아니면 사형이라고!"

"워워워~ 진정해. 제이슨을 재판정에 세울 수 없다는 걸 알잖아. 게다가 저놈은 CIA에서도 통제 못 한 살인기계라고. 우리 둘로는 저놈 근처에 가지도 못할걸?"

"제길!"

투덜거리던 앤디가 다시 망원경으로 눈을 가져갔다.

"그런데 왜 안 들어가고 저기서 얼쩡거리는 거지? 설마 제이슨을 잡으러 온 한국의 스파이는 아니겠지? 동료들을 기다리나?"

"하하! 자네 상상력의 끝은 어딘가? 한국의 스파이가 어떻게 여기까지 찾아올 수 있겠어? 그들은 아직 문지용 박사의 가족이 납치당한 것도 모르고 있을 거야. 사건이 언론을 통해 공개되면 뒤늦게 정보를 달라고 하소연하는 사람들이라고."

"그래도 왠지 저 미친놈과 같은 편이라고 하기에는 마스크가 너무 깔끔한걸?"

"이런 제길! 단지 얼굴로 나쁜 놈과 좋은 놈을 구별하는 건 편견이라고! 내 얼굴을 봐. 다들 내가 마약상인지 안다고, 이 년 전 콜롬비아에 갔을 때 기억 안 나? 그때 나에게……."

"엇! 혼자 들어간다! 역시 그놈과 한패였나?"

앤디가 망원경을 한쪽에 내려놓고 돌아섰다.

어딘지 모르게 실망한 얼굴이다. 누군가 다른 사람들이라도 저 미친놈을 잡아 줬으면 하던 바람이 깨져서 그런 것일 게다.

"흐흐, 내가 말했잖아. 얼굴 믿지 말라고."

"하아! 여기가 멕시코나 콜롬비아도 아닌데 저런 범죄자들을 지켜보고 있어야 하다니……."

"이봐, 우리는 보이스카우트가 아니야, 마음을 비우자고. 동양의 그 선(禪)이라는 거 있잖아. 그거라도 해 봐. 마음 가라 앉히는 데 도움이 된다고. 이렇게……."

오스틴이 사무실의 중앙에 앉아 몸을 이리저리 꼬았다.

"그건 선이 아니라 요가인 것 같은데?"

"같은 거 아니야?"

"선과 요가가 같다는 건, 한국인과 인도인이 같다는 말이나 마찬가지라고."

"뭐, 아무렴 어때. 이리 와 해 보라고. 진짜 도움이 된다니까? 굳어 있던 몸이 부드러워지면서 풀어지는 느낌이랄까?"

"확실히 요가잖아!"

인상을 찡그리며 서 있던 앤디는 잠시 후 오스틴의 동작을 따라했다. 맞은편 건물에서 일어나고 있는 범죄를 못 본 척하기 위해서 요가에 동참하기로 한 것이다.

*　　*　　*

"김은희 씨, 거듭 이야기하지만 당신의 아들은 실종된 거야. 그러니까 실종 신고를 하고 한국으로 돌아가 있으라고, 알았나?"

"제발, 우리 희원이를 돌려주세요."

수갑이 채워진 채 의자에 묶여 있는 여자의 얼굴은 온통 눈물로 범벅되어 있었다.

붕대로 응급처치를 한 손가락 끝에서는 아직도 피가 뚝뚝 떨어져 내렸다. 하지만 아들을 다시 만날 수 없게 될지도 모른다는 공포에 여자는 잘려 나간 손가락의 고통도 잊고 있었다.

"희원이를 다시 만나고 싶지?"

"네, 네."

"그럼 조용히 한국으로 돌아가. 당신들 부부가 미국에서 얼쩡거리면 희원이와는 영영 만나지 못하게 될 거야. 내가 원하는 건 미국이 아니라 한국에 있다고, 무슨 말인지 알잖아? 그러니까 지금은 입 닥치고 내가 시키는 대로 해."

"흑흑, 제발…… 제발……."

"이거 말귀를 영 못 알아먹는 여자로군. 나는 못생긴 여자만큼이나 혐오하는 여자가 있어. 그건 당신처럼 미련한 여자야."

장우석이 스산한 눈빛으로 여자를 바라보았다.

하지만 아들과 생이별을 하게 된 김은희의 귀에는 장우석의 경고가 들리지 않았다.

"제발 희원이를 보내 주세요…… 시키는 일은 뭐든지 할게요. 제발……."

"시키는 일은 뭐든지 한다고?"

"네, 네. 그러니 제발 우리 희원이를……."

순간 장우석이 손바닥으로 김은희의 얼굴을 후려쳤다.

짜악.

"악!"

김은희의 얼굴이 비명과 함께 한쪽으로 돌아갔다.

하지만 김은희는 다시 사내를 바라보았다.

입 안쪽이 터졌는지 김은희의 입가로 한 줄기 핏물이 흘러내렸다.

"제발요, 제발……."

"내가 원하는 건, 입 닥치고 당신들 부부가 한국으로 돌아가는 거야. 몇 번을 말해야 알아들어?"

"한국에 가서, 뭐든지 시키는 대로 다 할게요. 그러니까 제발 희원이를……."

"미치겠군. 지금까지 내가 한 말을 어디로 들은 거야? 당신 머리통 속에는 뇌가 없어? 한국으로 돌아가서 내가 시키는 일을 하면, 그때 희원이를 보내 준다잖아!"

"흑흑, 용서해 주세요. 우리 희원이를 돌려주세요."

"미치겠군."

장우석이 자리에서 벌떡 일어섰다.

마치 고장 난 CD 재생기처럼 '돌려 달라' 는 말만 반복하는 여자를 보고 있자니 머릿속이 폭발할 것 같았다.

"그 입이 문제야. 그렇지?"

뜬금없는 장우석의 말에 김은희가 눈을 끔뻑였다.

하지만 이내 김은희는 '희원이를 돌려 달라' 고 애원했다.

장우석이 무표정한 얼굴로 싱크대를 향해 걸어갔다.

"혀를 자르면 좀 조용해지겠지? 당신의 혀는 내 일에 아무런 영향을 미치지 못하니까, 잘라도 별 상관 없을거야."

하지만 김은희는 자신의 흐느끼는 소리 때문에 장우석의 혼잣말을 듣지 못했다.

"흑, 흑…… 희원이를 제발……."

장우석이 작지만 날이 선 칼을 뽑아 들고 식탁으로 돌아왔다.

그제야 김은희가 흐느낌을 멈췄다.

다시 사내가 해코지를 하려고 한다는 생각이 들자 아무런 생각도 떠오르지 않았다.

그런 김은희를 보던 장우석의 얼굴에 비릿한 미소가 떠올랐다.

"역시 인간은 자기 몸에 고통이 와야 다른 일을 생각하지 않는다니까. 남은 인생을 자신의 일만 생각하게 만들어 주지."

"무, 무슨……."

장우석이 김은희의 턱을 강하게 움켜쥐었다.

"악! 제, 제바알……."

장우석의 손이 여자의 입안으로 우악스럽게 파고들었다. 그리고 여자의 혀를 막 더듬어 잡았을 때였다.

쾅쾅쾅!

누군가 사무실의 출입문을 두드렸다.

그것은 방 안에 있던 장우석의 귀에까지 들릴 정도로 강한 것이어서, 장우석은 하던 일을 멈추고 가만히 귀를 기울였다.

똑똑.

"뭐야?"

장우석의 음성에 긴장한 빛이 역력했다.

사무실에 남아 있던 수하들 가운데 하나의 음성이 들려왔다.

"누가 문을 두드리고 있는데, 어떻게 할까요?"

"……."

장우석은 잠시 망설였다.

상대가 FBI나 CIA, 혹은 경찰이었다면 문을 두드리지 않았을 것이다. 이런 경우 그들은 부수면서 진입하니까 말이다. 노크는 일반인들이 습관적으로 하는 행동 가운데 하나다. 그렇다고 해도 저 노크 소리는 무례할 정도로 큰 것이어서, 상대가 좋은 뜻으로 찾아온 게 아니라는 것을 웅변하고 있었다. 사무실을 지키고 있던 수하들이 당황하고 있는 것도 아마 그런 이유일 게다.

'경찰도 아닌데, 저렇게 무식한 행동을 할 만한 사람이라…….'

장우석이 인상을 찡그렸다.

어쩌면 또 사무실의 전 주인을 찾아온 것인지도 모른다. 3개월 전까지 이 자리에 있던 것은 TV 홈쇼핑몰이었다. 무점포 소매상(nonstore retailers)의 업종에 찬바람이 불면서 망해 나간 회사인데, 미처 돈을 돌려받지 못한 업자들이 간혹 찾아와 소란을 일으키곤 했다.

"경찰이면 죽이고, 얼간이가 찾아온 것이면…… 잘 타일러서 돌려보내라."

"예."

장우석은 모두 죽이고 싶었지만 참았다. 괜히 일을 크게 벌이고 싶지 않았던 것이다.

"그만한 일로 경찰이 붙으면 귀찮아지니까……."

중얼거리던 장우석이 다시 김은희의 턱을 움켜쥐었다.

하지만 문 밖의 상황은 장우석의 뜻대로 되지 않았다.

쾅. 쿠당탕.

처음에는 가구가 부서지는 소리가 들리더니 급기야 소음 권총의 소리까지 들려왔던 것이다.

퓻. 퓻.

콰당.

계속된 소란에 장우석이 신경질적으로 몸을 돌렸다.

경찰의 난입이 아닌 것만은 분명했다. 하지만 이 소란은 또 뭐란 말인가?

어느 정도 바깥의 소란이 잦아드는 느낌이다.

장우석은 슬그머니 문에 귀를 가져다가 댔다. 손에는 들고 있던 칼 대신 권총이 들려 있었다.

입안이 바싹바싹 말라 갔다. 본능적으로 뭔가 잘못되고 있다는 느낌이 들었다.

경찰도 아니고, CIA나 FBI도 아니라면 뭘까?

덜컹, 탁.

덜컹, 탁.

밖에서 문이 열리고 닫히는 소리가 규칙적으로 들려왔다.

그러는 동안에도 아무런 제지가 없는 것을 보면 부하들은 모두 제압당한 모양이다.

사무실 안에 있는 독립된 방은 모두 3개.

문 밖에 누군가 와서 섰다.

곧이어 문고리가 조금 돌아갔다.

장우석은 상대가 있을 거라고 생각되는 지점에 방아쇠를 당겼다.

퓻. 퓻. 퓻. 퓻.

나무로 만든 문짝에 네 개의 구멍이 뚫렸다.

김은희는 숨도 쉬지 않고 사내와 구멍 난 문짝을 바라보았다.

문짝에 뚫린 구멍을 보고도 안심이 안 됐는지 장우석은 뒷걸음질 쳤다.

장우석의 눈이 김은희와 방구석에 죽은 듯 잠들어 있는 아이를 향했다.

두 사람 모두를 끌고 이곳을 벗어나기란 쉬운 일이 아니었다.

장우석은 늘어져 있는 아이 대신 여자를 인질로 쓰기로 했다.

장우석이 여자의 뒷덜미를 잡아 일으켰다.

"조용히 해. 입을 열면, 아들은 죽는다."

총구가 쓰러져 있는 아들의 몸체로 향하자 김은희가 미친 듯이 고개를 끄덕였다.

장우석이 여자의 뒤에서 조심스럽게 문을 잡아당겼다.

문이 안쪽으로 열렸다.

장우석의 시선이 제일 먼저 바닥으로 향했다.

하지만 혈흔은 보이지 않았다.

긴장한 장우석은 차마 문 밖으로 걸음을 떼지 못했다.

그렇게 어정쩡하게 서 있는 김은희와 장우석의 앞에 한 남자가 나타났다.

장우석은 상대의 얼굴을 확인하자마자 총구를 여자의 관자놀이에 댔다. 그리고 덜덜 떨며 소리쳤다.

"으헉! 안 돼! 오지 마! 다가오면 여자를 죽이겠다!"

"……."

강유진이 남자의 눈을 지그시 바라보았다.

뜻밖에도 미국에서 문 박사의 가족을 납치한 사람은 한국에서 달아난 장 테스카틀이었다.

열린 문 뒤로 죽은 듯 늘어져 있는 아이의 모습이 보였다.

강유진이 불쾌한 표정으로 미미하게 고개를 저었다.

"헉! 헉! 아이는 아직 죽지 않았다! 진짜야!"

"……."

"움직이지 마! 나는 그냥 갈 거야! 나를 보내 줘! 제발……."

"바쿰."

강유진이 혼잣말처럼 중얼거렸다.

콰득.

뼈가 부러지는 소리와 함께 장우석의 목이 뒤로 돌아갔다.

곧이어 장우석의 몸이 스르륵 무너져 내렸다.

김은희는 아직 무슨 일이 일어나고 있는지 이해하지 못한 얼굴이었다.

강유진이 그런 김은희를 향해 나직이 말했다.

"김은희 씨와 아드님을 구하러 왔습니다. 이제 안심하십시오."

"……"

그제야 정신을 차린 김은희가 돌아서서 방 안으로 뛰어들어 갔다.

그리고 아들의 몸을 안고 흔들었다.

"희원아! 희원아! 눈 좀 떠 봐!"

강유진이 아이의 경동맥을 가볍게 짚었다. 손끝으로 힘차게 뛰는 맥박이 느껴졌다.

"아이는 괜찮은 것 같습니다. 이제 나가시죠."

"네, 네."

기력이 약해져 있는 김은희를 대신해서 강유진이 아이를 안았다.

아이를 안고 걸어가던 강유진이 바닥에 쓰러져 있는 장 테스카틀을 힐끔 내려다보았다. 여기가 한국이었다면 생포해서 배후를 캐내려고 했을지도 모른다.

"……"

잠시 머뭇거리던 강유진은 이내 정면을 보고 걸어갔다. 어차피 자신의 인생은 평범함과 거리가 멀어져 버렸다.

장 테스카틀을 뒤로하고 강유진은 생각했다.

죽음이란 뭘까?

* * *

"뭐지?"

앤디가 헤드셋을 벗으며 고개를 갸웃거렸다.

새로운 요가 동작을 연구하고 있던 오스틴이 건성으로 물었다.

"왜?"

"갑자기 조용해졌어."

"무슨 소리야?"

"치고받는 소리가 조금 들리더니 조용해졌다고."

"뭐? 제이슨 일당과 그 남자가 싸웠다고?"

오스틴이 서둘러 창가로 걸어갔다.

"분명히 그렇게 들었어. 소음기 소리까지 났었다니까!"

"총까지? 어느 쪽이 사용한 건데?"

"여럿이 쐈으니까 제이슨 일당이었겠지."

"그럼 새 얼굴이 죽은 거야?"

"아니? 제이슨이 미친 소리를 하던걸?"

"미친 소리?"

오스틴이 헤드셋을 착용했다. 하지만 아무런 소리도 들리지 않았다.

"뭐야, 조용한데?"

"내가 말했잖아. 조용해졌다고."

잠시 더 소리에 집중하던 오스틴이 마침내 헤드셋을 내려놓았다.

"제이슨이 무슨 소리를 했는데?"

"내가 제2외국어로 한국어를 택한 건 알고 있지?"

"알지, 그런데?"

"제이슨이 그 남자에게 사정을 하더라고. 제발 그냥 보내 달라고."

"……."

오스틴이 어이가 없다는 표정으로 앤디를 바라보았다.

"뭐? 그 미친 살인마, 제이슨이 사정을 했다고?"

"그래, 떨고 있었어."

"내가 한국어를 모른다고 농담하는 거지?"

"녹음되어 있으니까, 본부에 돌아가서 한국어 통역사에게 해석해 달라고 해 봐. 지금 나 농담할 기분 아니라고. 제이슨 일당이 다 당한 것 같아."

"이봐, 제이슨 일당은 젊은 남자 하나가 들어가서 어떻게 해 볼 수 있는 상대가 아니라고. CIA의 대테러 타격대 두 개조 이상이 투입돼야 가능할 거야. 알면서 왜이래."

앤디가 뜨거운 눈으로 오스틴을 마주보았다.

"우리가 가서 확인해 보자고."

"뭐? 미쳤어? 보스턴 도심지에서 총격전 벌일 일 있어? 말도 안 되는 소리를."

"미치겠네, 진짜라니까! 제이슨이 그 남자에게 살려 달라고 애걸했다니까! 그 남자가 여자를 데리고…… 앗! 그렇지! 나오는 걸 보면 알겠지."

앤디가 서둘러 망원경으로 길거리를 살폈다.

곧이어 앤디가 소리쳤다.

"봐! 봐! 그 남자가 여자를 데리고 나왔어! 아이를 안고 있다고!"

"뭐라고?"

오스틴이 빼앗듯이 망원경을 잡아챘다.

"헉!"

오스틴의 입에서 탄성이 흘러나왔다.

정말 아이를 안은 남자와 여자가 보였다.

세 사람이 택시를 타고 사라질 때까지 오스틴은 망원경에서 눈을 떼지 못했다.

잠시 후 오스틴이 중얼거렸다.

"이봐, 저 새 얼굴 사진 찍어 뒀지?"

"아니."

"뭐라고? 당연히 찍어 뒀어야지!"

"무슨 소리야. 너도 그냥 지나가는 아시안 같다고 했었잖아."

"이런 제길! 제이슨 일당 같다고도 했었잖아. 조금이라도 미심쩍었으면 찍어 뒀어야지!"

"너도 거기 앉아서 거리를 내려다봐. 한 시간에 몇 명의 아시안이 지나가는지. 그걸 안다면 나에게 뭐라고 하지 못할 거야."

"가 보자."

오스틴이 자리에서 벌떡 일어섰다.

"제이슨의 사무실에 가자는 거야?"

"당연하지. 총격전 끝에 그 남자가 여자와 아이를 데리고 나왔다고. 제이슨의 일당이 아직 남아 있을 리가 없잖아. 확인해 둬야지."

"오케이. 나도 그 안에서 무슨 일이 있었는지 궁금하던 참이야."

잠시 후 제이슨의 사무실에 들어선 오스틴이 눈을 끔뻑이며 물었다.

"앤디, 분명히 제이슨의 소리를 들었다고 했지? 그런데 왜 안 보이지?"

"그러게? 제이슨은 지난 사흘 동안 밖에 나간 적이 없어. 그건 자네도 알고 있잖아."

오스틴이 사무실 곳곳에 쓰러져 있는 남자들의 얼굴을 일일이 확인했다. 하지만 몇 번을 살펴봐도 제이슨은 보이지 않았다.

"하아! 제이슨은 달아난 모양인데?"

앤디의 입에서 한숨이 흘러나왔다. 모처럼 제이슨의 꼬리를 잡았는데 다시 숨었다고 생각하니 암담했던 것이다.

오스틴이 믿어지지 않는다는 듯 중얼거렸다.

"그러니까, 아시아 남자 하나가 제이슨을 쫓아내고 여자와 아이를 구해 갔다는 거야?"

"정확히는 한국 남자야."

"전직 CIA의 킬러 제이슨이 덜덜 떨었고?"

"보면 알겠지만 총격전까지 벌어졌던 모양이야. 그 남자 누구지?"

오스틴이 정신을 잃고 있는 남자들을 발로 툭툭 건드리며 말했다.

"한국인이라면 한국 정부의 비밀요원인지도 모르겠군."

"한국에 이 정도 실력을 가진 비밀요원이 있다고? 말도 안 돼. 그들은 호텔에 도청장비 하나 제대로 설치하지 못하는 사람들이라고. 영국의 탐정보다 못한 사람들이 한국의 스파이들이야."

"그럼 영국에서 키운 한국인 스파이 일까?"

앤디가 거듭 부정했다.

"그것도 이상해. 영국이 문지용 박사의 일에 나설 이유가 없잖아."

"이 정도 레벨의 스파이를 키울 수 있는 곳은 미국 아니면 영국이야. 이스라엘은 아랍의 테러범을 찾으러 다니는 일만으로도 바쁘니까."

"……."

앤디는 동의하지 않는 얼굴이었지만 반박하지 않았다. 딱히 생각나는 곳이 없었기 때문이다.

'그래도 영국은 아닐 거야. FBI가 관여한 걸까?'

FBI에도 한국인 요원이 제법 많다. 하지만 FBI가 문지용 박사 가족의 납치에 관여했다는 정보는 없었다. 게다가 지난번 비밀작전 이후로 문지용 박사는 CIA의 관할로 넘어온 상태였다.

'게다가 FBI는 이런 식으로 작전을 벌이지 않지.'

생각에 잠겨 있는 앤디의 귀로 오스틴의 음성이 들려왔다.

"그 한국인이 누군지는 위에서 알아내라고 하고, 우리는 이만 철수하자고."

"이놈들은 어쩌고?"

앤디가 다섯 명의 남자들을 가리켜 보였다.

"음, 그냥 놔두기도 그렇고, 경찰에 넘길 수는 없고…… 어쩐다?"

혼잣말처럼 중얼거리던 오스틴이 품 안에서 권총을 꺼내 들었다.

뒤이어 앤디도 떨떠름한 표정으로 소음기가 부착된 권총을 꺼냈다.

퓻. 퓻. 퓻.

퓻. 퓻.

오스틴이 세 발을, 앤디가 두 발을 쐈다.

오스틴이 문 쪽으로 걸어가며 물었다.

"지금 건 어떤 선(line)이지?"

"보편적 가치라고나 할까."

"Good job!"

오스틴이 잘했다는 듯 엄지손가락을 치켜세웠다.

앤디가 손사래를 치며 중얼거렸다.

"Fuck you! man."

사람을 골라 죽이면서 자기 입으로 보편적 가치 운운하는 것이 마음에 들지 않았던 것이다.

* * *

달리는 택시 안에서 김은희가 남자의 옆얼굴을 힐끔거렸다. 어느 정도 마음이 진정되자 남자의 정체가 궁금했던 것이다.

"정말 감사합니다. 그런데 어디의 누구신지…… 여쭤 봐도 되나요?"

"국가기밀이라 알려 드릴 수 없습니다. 오늘 저를 만난 건 잊어

주세요."

"아……."

"나중에 우연히 만나게 되더라도 저는 김은희 씨를 모르는 것처럼 행동할 겁니다. 김은희 씨도 그래야 합니다. 우리는 모르는 사람입니다. 아시겠죠?"

"아, 네, 너무 고마워서……."

"저는 집 앞에서 김은희 씨를 내려 드리고 돌아갈 겁니다. 나중에 누가 물으면, 정체를 알 수 없는 남자들이 구해 줬다고 말씀하세요."

"남자들이요?"

김은희가 애매한 표정으로 되물었다. 그곳에서 본 사람은 눈앞에 있는 남자 하나뿐이다. 그런데 남자들이라고 하니 헷갈렸던 것이다.

"다른 팀원들은 사무실에 있던 남자들을 제압했거든요. 저는 마지막으로 김은희 씨를 잡고 있던 납치범을 상대했던 겁니다."

"아, 그랬군요."

김은희가 고개를 끄덕였다.

확실히 밖으로 끌려 나갔을 때, 사무실 내부는 어느 정도 마무리된 분위기였다. 비록 무질서하게 쓰러져 있는 남자들밖에 보지 못했지만, 옆에 있는 젊은 남자 혼자서 그 일을 했다고는 생각되지 않았다. 국가기밀이라고 했으니 국정원 요원들일 것이다.

택시가 아파트 주차장에서 멈췄다.

김은희가 아이를 안고 내리자, 택시는 곧 떠나갔다.

곧이어 아파트 입구에서 문지용 박사와 자니, 그리고 김미연이 달려 나왔다.

김은희는 문지용 박사에게 아이를 넘기자마자 정신을 잃고 쓰러졌다.

*　　*　　*

실신한 김은희는 병원으로 보내지지 않았다. 대신 김미연은 한국인 의사와 간호사를 아파트로 불렀다. 테러의 위협이 끝나지 않았다고 생각한 것이다. 다행히 밤늦게 깨어난 아이에게서도 별다른 이상이 보이지 않았다.

다음 날 김은희가 깨어나자 문지용 박사 집안 분위기는 눈에 띄게 밝아졌다. 비록 김은희가 새끼손가락 하나를 잃었지만, 아이를 무사히 되찾아 올 수 있었기 때문이다.

결과 앞에 누구보다 놀란 사람은 스카우터인 자니였다. 김미연의 장담대로 한국의 정보요원들은 납치된 모자(母子)를 구해 왔다. 더 이상의 어떤 인명 피해도 없이 말이다. 작전에 소요된 시간은 2시간도 걸리지 않았다. 그야말로 전광석화(電光石火)처럼 이루어진 구출작전이었다.

"나는 지금도 믿을 수가 없습니다. 이건 정말 영화 속에서나 가능한 이야기라고요. 휘유~ 그걸 나도 봤어야 하는데."

자니가 고개를 설레설레 저었다.

김미연이 그런 자니에게 의미심장한 표정으로 말했다.

"자니 씨, 이번 일에 대한 비밀을 지켜 주셔야 해요. 미국에서 한국의 공작원들이 비밀작전을 벌였다는 게 알려지면 한국 정부만 난처해질 거예요."

"그런 거라면 걱정하지 마십시오. 저는 입이 무거운 사람입니다."

"만약 자니 씨가 다른 사람에게 이번 일을 말한다면, 대성그룹에서도 좋아하지 않을 거예요. 대성그룹에서 한국 정부에 요청해서 이루어진 비밀작전이었으니까요. 무슨 말인지 아시겠죠?"

"쩝, 나도 알고 있습니다. 나도 교포 3세이자, 대성그룹의 일원으로 지킬 게 뭔지는 아는 사람입니다. 나보다는 오히려…… 저쪽 분의 입단속을 시키는 게 더 좋을 겁니다."

자니가 턱으로 한쪽에 앉아 레모네이드를 마시고 있는 강유진을 가리켰다.

김미연이 웃으며 말했다.

"그건 걱정하지 마세요. 저분도 대성그룹의 직원이시라 여기저기 떠들고 다니지 않을 거예요. 애사심이 뛰어난 분이더라고요."

김미연의 설명에도 자니는 의심의 눈길을 거두지 않았다.

비록 자니가 강유진을 은근히 무시했지만, 김은희는 한국에서 온 사람들을 지극 정성으로 대접했다. 문지용과 김미연이 좀 더 쉬라고 만류해도 듣지 않았다.

지금도 김은희는 쟁반 가득 신선한 과일을 담아 강유진의 앞에 내려놓고 있었다.

"강 차장님, 이것도 좀 드세요."

강유진이 넉살 좋게 웃으며 쟁반을 받아 들었다.

"어이쿠! 감사합니다, 사모님. 뭘 이런 걸 다."

"우리 문 박사님이 한국에 가게 되면 대성그룹의 연구소로 가게 된다죠?"

"네, 그렇게 알고 있습니다."

"그렇다면 강 차장님이 그룹의 선배시니까 잘 부탁드릴게요. 우리 문 박사님은 대인 관계의 폭이 넓지 않아서, 사람 사귀는 게 서투시거든요."

"아하하, 저도 그다지 인간관계를 넓게 하는 편은 아닙니다."

강유진은 김은희 씨의 시선을 애써 외면했다.

김은희는 그런 강유진을 놔 주지 않았다.

"그래도 우리 문 박사님보다는 나을 거예요. 부디 그룹에서 시간 날 때마다 좀 지켜봐 주세요. 믿을 수 있는 분이 없어서 그래요."

김은희에게는 강유진이 희망의 등대나 마찬가지였다. 살 떨리는 납치를 경험한 뒤로 한국에서의 새로운 생활을 생각하면 음식도 제대로 넘어가지 않았다. 그러던 차에 다시 만나게 된 강유진은 사막에서 만난 오아시스였다.

집에서 다시 강유진을 만났을 때는 깜짝 놀라 숨도 쉴 수 없었다. 하지만 남편은 강유진을 대성그룹의 직원으로 소개했다. 그제야 비밀요원이라는 말의 의미를 실감할 수 있었다. 그는 자신과 아들을 구한 것을 남편에게조차 말하지 않았던 것이다.

강유진이 시원스럽게 대답하지 않자 김은희는 다시 한 번 머리를 조아렸다.

"아무쪼록 우리 문 박사님을 잘 부탁드려요."

"아, 네…… 도움이 될지는 모르겠지만 최선을 다하겠습니다."

그제야 김은희의 얼굴이 환하게 밝아졌다.

그런 김은희를 바라보던 문지용 박사가 고개를 갸웃거렸다. 한국으로 가는 것을 못마땅하게 생각하던 아내였다. 그런데 대성그룹의 파견 직원에게 잘 부탁한다는 인사까지 하고 있었다. 그것도 연구소와는 별로 상관도 없어 보이는 직원에게 말이다.

"하하, 여보, 그분은 우리 연구소와는 좀 거리가 먼 분인데…… 너무 부담 가는 부탁은 하지 말구려. 그리고 내 선후배 과학자들이 많아요. 내가 미국에 와서 사람들을 잘 안 만나고 다니니까 불안한 모양인데…… 나도 알고 보면 인맥이 제법 튼튼하다오."

"네에, 그러시겠죠. 그래도 같은 회사 분들을 이 먼 나라에서 만나게 된 건 다 인연이라고 생각해요. 그러니까 당신도 이분들하고 좀 가까이 지내도록 하세요. 미국에서처럼 매일 연구소에만 틀어박혀 지내지 마시고요."

"아하하, 그러리다. 나도 이분들하고 만나게 된 걸 감사하게 생각하고 있소. 이분들 덕분에 당신과 희원이를 찾을 수 있었으니까 말이오. 이분들은 알고 보면 우리 가족의 은인들이잖소."

"네, 맞아요. 이분들이 우리의 은인이지요."

김은희가 강유진에게 미미하게 고개를 숙여 보였다.

강유진은 계속된 김은희의 인사에 부담을 느끼고 슬그머니 자리에서 일어섰다. 계속 이렇게 마주 앉아 인사를 받다가는 염치없는 놈으로 몰릴 것 같았다.

아닌 게 아니라 자니의 눈초리는 아까부터 사나워져 있었다. 한 일도 없는 사람이 -단지 같은 회사 사람이라는 이유로- 감사 인사를 받고 있다고 생각한 것이다.

김미연이 강유진의 뒤를 따라가며 물었다.

"강 차장님, 어디 가시게요?"

"아, 네. 방문해 봐야 할 회사가 하나 있어서요."

"네? 어디로 가시려고요?"

잠시 머뭇거리던 강유진이 담담하게 말했다.

"LA에 들러 볼 생각입니다."

"아……."

김미연은 LA라는 말에 고개를 끄덕였다. LA는 강유진의 전처와 딸이 살고 있는 곳이었다.

"그럼, 저도 동행할게요."

"그러지 않으셔도 되는데……."

"에이, 왜 그러세요? 강 차장님 영어 잘 안 되시잖아요."

"LA는 영어 몰라도 별로 어려움이 없던데요."

"그래도 혹시 알아요? 여기는 미국이라고요. 상대의 말을 완전히 알아듣는 것과 그렇지 않은 것의 차이는 크다고요."

강유진이 피식 웃었다. 문지용 박사의 일을 마쳤으니 더 이상 미국에서의 일은 없다. 그런데 김미연의 눈치를 보니 이참에 관광을 하고 싶어 하는 눈치다. 구출작전에 그녀가 세운 공을 생각하면 그녀의 바람을 외면할 수 없었다.

"통역을 도와주시기 위해서라면 반대하지 않겠습니다. 미리 말씀드리지만 상당히 지루한 여행이 될 거라는 거 염두에 두시고요."

"헤헤, 네. 이번에는 저도 마음 편하게 좀 쉬어 봐야겠어요."

문지용 박사가 웃으며 김미연의 편을 들었다.

"김 과장님, 여기서는 고생만 하셨으니까, 그곳에서 쉬었다가 돌아가시는 것도 괜찮을 겁니다."

문지용 박사는 김미연이 강유진 차장을 마음에 두고 있다고 생각했다. 그게 아니라면 굳이 LA까지 따라가겠다고 할 이유가 없었기 때문이다. 외관상으로도 강유진 차장과 김미연은 선남선녀(善男善女)라고 할 정도로 잘 어울렸다.

사람들의 대화가 강유진과 김미연의 여행으로 옮겨 가자 자니가 인상을 찡그렸다.

어딘가 덜떨어진 녀석이 미모의 정보요원과 여행을 가게 됐다고 생각하니 은근히 배가 아팠던 것이다.

"그런데 김 과장님은 바로 한국으로 돌아가서 결과를 알려 줘야 하지 않나요?"

자니의 말에 김미연이 짧게 답했다.

"괜찮아요. 전에 말했잖아요, 저의 활동에 관해서는 실시간으로 보고가 들어가고 있다니까요. 특별히 돌아오라는 연락이 오기 전에는 허가가 난 것이나 다름없어요."

제2화

빌빌거리다 죽는다

다소 뻔뻔한 김미연의 주장은 거의 사실에 가까웠다. 그 시간 국정원의 제5과는 강유진의 LA행을 두고 여러 가지 제안들이 빗발치고 있었으니 말이다. 그리고 그 제안들의 대부분은 최명석의 주도하에 이루어지고 있었다.

"……그런 이유로 저는 강 선생님이 LA에 가서 어깨에 힘을 줄 상황을 만들어 줘야 한다고 생각합니다."

최명석의 말에 김동식 팀장이 고개를 주억거렸다.

"흐음, 상당히 일리가 있는 말이군. 복수라는 부분에서는 그다지 동의하지 않지만, 그 비슷한 뭔가가 있어야 한다는 데에는 공감한다. 그런데 강 선생이 과연 그런 이벤트를 좋아할까?"

"예! 유진 형님은 좋아할 겁니다. 겉으로 내색은 하지 않을지 몰라도, 싫어하지 않는다는 데에 제 월급을 몽땅 걸 수도 있습니다."

최명석은 강유진과의 친분을 강조하기 위해서 형님이라는 말까지 붙였다.

그런 최명석의 자신감은 김동식 팀장에게 고스란히 전해졌다.

"좋아! 나쁜 일 하자는 거도 아닌데 못 할 것도 없지. 게다가 강 선생이 이번에 한 일을 생각하면…… 그 정도의 보답은 해 줘도 되겠지?"

말과 함께 김동식 팀장이 요원들의 얼굴을 둘러보았다. 사안이 사안인 만큼 동의 내지는 동조를 구하고 있는 것이다.

탄탄한 겉모습과 달리 섬세한 심성의 소유자인 유희열이 조심스럽게 운을 뗐다.

"그런데요, 긴급하게 자금이 투입될 상황이 발생할지도 모르지 않습니까? 대성그룹에도 운을 떼보는 게 어떻겠습니까? 애당초 강 선생의 미국행을 요청한 것은 그쪽이었으니까, 그쪽에도 책임이 상당 부분 있다고 생각합니다."

"응? 무슨 소리야? 여기서 책임이 왜 나와?"

"아, 그게, 따지자는 게 아니라, 제 말은 '대성에 협조를 구하는 게 어떻겠는가?' 싶어서 해 본 말입니다. 강 선생의 가정사에 접근하는 건 우리보다 그쪽이 더 잘하지 않겠습니까? 기업이란 게 원래 접대와 눈치 보기를 전문으로 하는 곳이니까요. 게다가 우리가 하면 왠지 공적인 업무의 연장으로 보이지만, 그쪽에서 주도적으로 진행하면 강 선생에게 감사하는 마음으로 보일 수도 있으니까요. 나중에 강 선생이 기분 나쁘게 받아들이는 분위기면, 우리는 슬쩍 발을 빼도 되고 말입니다."

"……."

요원들의 입이 쩍 벌어졌다. 과연 치밀한 계획이라고 할 수 있었다.

"놀라워. 유희열 요원에게 그런 정도의 분석력이 있다는 건 몰랐군. 자네야말로 정보요원의 귀감이라고 할 수 있겠어. 한마디로 '대성을 앞세워 돈을 펑펑 쓰게 하고 우리는 뒤에서 생색이나 내자' 이 말이지?"

"그, 그렇게 되나요?"

"당연하지. 자네의 제안이야말로 정보요원들에게 가장 필요한 지혜야, 대단해!"

"가, 감사합니다."

"좋아! 본래는 김미연 요원이 해 줘야 하는 일이지만, 김미연 요원은 강 선생의 곁에 있으니까…… 자네가 사적으로 대성의 부회장을 만나 봐."

"네? 사적으로요?"

"그럼 이런 일을 공적으로 하려고 했나? 당연히 사석에서나 나

눌 수 있는 이야기지."

"제가 갔는데 대성에서 거절하면요?"

"당연히 자네의 노력과 정성이 부족했던 거라고 생각해야겠지."

"여기서 왜 그런 결론이 나옵니까?"

김동식 팀장이 한심하다는 표정으로 유희열을 바라보았다.

"생각해 봐. 강 선생을 미국에 파견하기 위해 500억이나 기부한 대성그룹이야. 그런 대성그룹이 강 선생의 체면을 위하는 일에 돈 몇 푼 아낀다는 게 말이 되나?"

"말이 안 되죠."

"그 말이 안 되는 말을 자네가 하고 있는 거라고. 알겠어? 강 선생이 LA행 비행기를 타기 전에 부회장을 만나 봐. 그동안 우리는 전 부인과 딸에게 무슨 애로사항이 없는지 알아 둘 테니까. 막간을 이용해서 이번에는 우리가 강 선생에게 서비스를 좀 해 주자고."

"네……."

유희열의 걱정은 기우에 불과했다. 유희열이 찾아가 '강 선생이 LA로 갈 것 같다' 고 말하기가 무섭게 임경수 부회장은 '모든 걸 지원하겠다' 고 나섰다. 임경수 부회장의 반응은 지나치다 싶을 정도로 적극적인 것이어서 오히려 유희열이 그를 진정시켜야 했을 정도였다.

*　　*　　*

LA로 향하는 비행기 안에서 강유진은 궁금해하던 것을 물었다.

"어떻게 그 사무실을 15분 만에 찾아낼 수 있었죠?"

김미연이 아무렇지도 않다는 듯 답했다.

"그런 경우는 대체로 해당 지역의 가스(gas)와 일렉트릭 컴퍼니(electric company: 전기 공급 회사)만 조사하면 되요. 미국의 경우 대부분 지역마다 전기와 가스를 공급하는 회사들이 따로 있거든요. 그 회사들은 새로운 계약자가 나타나면 신규 계약자의 정보부터 갱신하니까, 거길 뒤지면 주인이 바뀐 사무실을 찾는 건 일도 아니죠."

"미국의 회사들이 순순히 정보를 열람하게 해 주지는 않았을 거 같은데……."

"후후, 강 선생님의 뒤에 누가 있는지 잊으셨어요?"

돌연 김미연이 강유진을 향해 상체를 기울였다. 그리고 강유진의 귓가에 나직이 속삭였다.

"임 박사님은 세계 최고의 해커였다고요."

"아!"

그제야 강유진이 고개를 끄덕였다. 임지연이라면 왠지 그럴 수 있었을 거라는 생각이 들었다.

"저도 궁금한 게 하나 있는데요."

"예, 뭔데요?"

"강 선생님은 도대체 무슨 수로 그 빌딩을 알아내신 거예요?"

김미연은 문지용 박사의 집에서부터 내내 그걸 묻고 싶었다. 범인과의 통화 시간이 짧아 정확한 지점을 특정할 수 없었다. 그런데 영어도 서투른 강유진은 범인들이 있을 것으로 짐작되는 빌딩을 스스로 찾아냈다. 지금까지도 그 비결이 궁금한 김미연이었다.

"고맙게도 뱅크오브아메리카 앞에서 홈리스를 만났거든요."

"홈리스가 알려 줬다고요?"

"사실은……."

강유진은 홈리스가 강도로 돌변했던 이야기를 간단하게 들려주었다.

"와아! 정말 하늘이 도왔네요. 조금 더 주시지 그러셨어요."

"미국에서 강도를 만나면 천천히 20달러를 꺼내 주라는 이야기가 떠올라서요."

"호호! 강 선생님은 미국에서 특별한 경험을 많이 하시는 것 같아요. 노상강도라니…… 휘유~."

"김 과장님은 미국 유학하셨다죠?"

"네, 10년 정도?"

"도둑이나 강도를 만난 경험은 없었나요?"

"기숙사와 학교만 다닌 것도 있지만, 제 주변에 자칭 흑기사들도 많았거든요."

"아하! 인기가 많으셨구나."

"그건 모르겠지만…… 다들 제가 보호본능을 불러일으킨다고 하더라고요. 후훗! 강 차장님은 저를 보면서 그런 생각 안 드셨어요?"

김미연이 도발적으로 강유진을 바라보았다.

그 시선이 부담스러워진 강유진은 슬그머니 창문으로 시선을 돌렸다.

"사실대로 말하자면, 저는 오히려 여성에게 보호를 받고 싶은 사람입니다."

"응? 왠지 여자가 무섭다는 말로 들리는데요?"

"비슷합니다."

말과 함께 강유진이 주변을 두리번거렸다. 스튜어디스를 찾고 있는 것이다. 스카우터인 자니를 통해 예약한 LA행 비행기의 좌석도 비즈니스석이었다. 하지만 다급하게 얻어 탔던 처음과 달리 두 번째의 비행은 다소 마음에 여유가 있었다.

마침 한 스튜어디스와 눈이 마주치자 강유진은 가볍게 손을 들었다.

잠시 후 옆으로 다가온 스튜어디스가 조심스럽게 무릎을 구부려 강유진과 눈높이를 맞췄다.

"필요한 게 있으세요?"

"와인 한 잔 부탁드립니다."

"네에, 특별히 찾으시는 와인이 있으신가요?"

"음, 혹시 야르덴 까베르네 소비뇽(Yarden Cabernet Sauvignon)이 있나요?"

저도 모르게 임지연과 마셨던 와인의 이름이 툭 튀어나왔다.

순간 미녀 스튜어디스의 얼굴에 가벼운 홍조가 피어올랐다.

"아, 그건 미처 준비하지 못한 건데요, 대신 피노 누아(Pinot Noir)는 어떨까요? 가볍고 새콤달콤해서 젊은 승객분들이 즐겨 마시거든요."

듣고 있던 김미연이 갑자기 끼어들었다.

"피노 누아밖에 없는 건 아니고요?"

"그런 건 아닌데요……."

어딘지 당황한 얼굴의 스튜어디스에게 강유진이 웃으며 말했다.

"피노 누아로 한 잔 부탁드립니다."

"네, 잠시만 기다려 주세요."

스튜어디스가 조심스럽게 물러가자 김미연이 입술을 삐죽였다.

"저 아가씨 너무 들이대네요."

"에이, 설마요."

"제가 비록 비즈니스석은 두 번째지만, 그래도 들은 건 있거든요. 보통 스튜어디스가 와인을 가져다주는 건 맞는데, 찾으시는 게 있으세요? 하고 묻지는 않는다고요. 우리가 보스턴으로 갈 때 생각나세요? 아무것도 묻지 않고 와인을 가져다줬잖아요."

"저 아가씨의 서비스 정신이 남다른 거라고 생각합니다."

"강 차장님에게 추근대는 거라니까요."

"아니, 막말로 저 아가씨가 저에게 관심을 좀 두면 또 어때요? 오히려 제가 고마울 일이죠. 남자들의 로망 가운데 하나가 뭔지 아세요?"

"뭔데요?"

"제복의 아가씨, 그중에서도 교통경찰과 스튜어디스는 최고라고 할 수 있죠!"

"제, 제복요? 강 차장님도 그런가요?"

"뭐, 저도 제복이 어울리는 아가씨를 보면 매력적이다라는 생각이 들 때가 있긴 합니다."

"응? 결국, 제복에 끌린다 이거죠?"

"하하, 너무 깊게 생각하지는 마세요. 그냥 웃자고 하는 소리니까요."

"……."

뭔가를 골똘히 생각하던 김미연이 다시 물었다.

"가운은 어때요?"

"무슨 가운요?"

"의사나 연구원들이 입는 흰색 가운요."

"저, 생각하시는 것처럼 그렇게 제복에 목매는 사람 아닙니다. 웃자고 한 얘기였다니까요."

"네, 저도 웃자고 묻는 거예요. 가운은 어떻게 생각하시냐고요."

"가운도 나름 어울리는 사람이 입으면 매력 있겠죠?"

그렇게 강유진과 김미연이 제복에 대한 이야기를 나누고 있을 때였다.

제복 담론의 단초를 제공한 스튜어디스가 와인 한 잔을 쟁반에 받쳐 들고 다가왔다.

"여기 피노 누아 가져왔습니다. 좋은 시간 되시고, 더 필요한 게 있으면 불러 주세요."

스튜어디스는 김미연의 시선이 부담스러운지 서둘러 자리를 떠나갔다.

"어머, 마음 약한 분이시네. 조금 더 대쉬하면 우리 강차장님이 넘어갔을지도 모르는데."

"하하, 대쉬일 리가요. 제 평생에 여자에게 대쉬라는 걸 받아 본 적이 없는데…… 하여튼 말씀만이라도 감사합니다."

"정말요?"
"네."
"믿어지지 않네요. 세상 여자들이 강차장님을 그냥 내버려 뒀다는 게……."
"아하하, 저는 피곤해서 눈을 좀 붙여야겠습니다."
김미연의 계속된 공세에 지친 강유진이 슬그머니 눈을 감았다.
대화를 회피하기 위한 것으로 보일 수도 있지만 피곤하다는 것은 거짓말이 아니었다. 몸이 아직 한국과 미국의 시차에 적응하지 못했기 때문이다.
강유진이 안대까지 차고 눕자 김미연도 더 이상 말을 걸지 않았다.
잠시 후 김미연과 강유진은 거의 동시에 잠이 들고 말았다.

*　　*　　*

어둠이 깔리기 시작한 저녁 무렵, 미국 캘리포니아 어바인(Irvine)에 자리한 작고 낡은 목조 주택.
삼십 대 후반의 주부로 보이는 여자가 식탁 위에 쌓인 고지서들을 하나하나 열고 있었다. 전기세, 수도세, TV시청료, 가스, 전화, 이동통신 요금은 물론 각기 다른 신용카드의 청구서만도 세 종류나 됐다.

여자가 신용카드 청구서를 한쪽으로 던지며 소리쳤다.

"스캇! 왜 아직도 신용카드 청구서가 날아오지? 지난달에 다 정리하겠다고 했잖아!"

거실에 앉아 TV를 시청하고 있던 남자가 건성으로 대답했다.

"아, 그거 깜빡했어. 이번 달에 다 처리할 거니까 신경 쓰지 마."

여자의 음성이 높아졌다.

"신경 쓰지 말라니! 벌써 6개월째 연체 안내문이 날아오고 있다고! 당신이 사용한 신용카드 때문에 왜 내가 스트레스를 받아야 하는 건데!"

"내 말이 그 말이야. 내 신용카드 청구서인데 왜 당신이 신경을 쓰고 그래? 내가 알아서 한다잖아."

남자는 이내 코미디 프로그램에 푹 빠져 킬킬거리기 시작했다.

"나는 밀린 월세와 세금을 내는 것만으로도 힘에 부친다고! 집으로 날아오는 당신의 카드 청구서가 나에게 얼마나 큰 짐인지 알아?"

남자는 듣기 싫다는 듯 TV의 볼륨을 올렸다.

코미디언들의 과장된 말과 관객들의 폭소가 집 안 가득 울려 퍼졌다.

"아아……."

팔꿈치를 식탁 위에 올린 여자는 이내 두 손으로 머리채를 움켜잡고 쥐어뜯었다.

경제활동에 둔한, 그러면서도 돈은 흥청망청 잘 쓰는 남편 때문에 미칠 것만 같았다.

"지겨워……."

무심코 중얼거리던 여자는 흠칫 놀란 얼굴로 고개를 들어 올렸다.

여자의 눈에 가득 쌓인 우편 고지서가 보였다.

저 독촉장들을 없앨 수만 있다면 영혼을 악마에게 팔수도 있을 것 같았다.

멍하니 고지서들을 바라보고 있는 여자의 귀로 전화벨이 시끄럽게 울려댔다.

따르르릉. 따르르릉. 따르르릉.

하지만 여자는 전화를 받지 않았다.

이 시간에 집으로 전화를 할 사람은 주택을 관리하는 매니저밖에 없다. 월세가 6개월이나 밀린 뒤로 매니저는 시도 때도 없이 전화를 해댔다.

따르르릉. 따르르릉. 따르르릉.

지금 저 전화를 받아 봤자, 매니저에게 들을 이야기는 뻔했다. 디포짓(deposit: 집세 보증금)으로 낸 돈이 모두 깎였으니, 그만 집을 비워 달라는 말일 게다.

따르르릉. 따르르릉. 따르르릉.

스캇은 카드가 연체된 뒤로 외부로부터 걸려오는 전화를 받지 않았다.

그러니 이 집에서 저 전화를 받을 사람은 자신밖에 없었다. 하지만 자신도 지금 정신으로는 매니저에게 하소연할 자신이 없었다.

"여보세요? 아! 안녕하세요, 헬레나 씨. 엄마? 잠깐만요."

결국 자기 방에 있던 줄리가 나와서 전화를 받은 모양이다.

피할 수 없는 현실에 여자는 한숨을 푹푹 내쉬었다.

줄리가 무선 전화기를 들고 주방으로 달려왔다.

"엄마, 헬레나 씨 전화."

잠시 머뭇거리던 여자가 굳은 표정으로 수화기를 건네받았다.

흥분한 헬레나의 욕설이 10분간이나 쉬지 않고 이어졌다.

여자는 쉬지 않고 'sorry' 라고 했다.

한참 만에 수화기를 내려놓은 여자의 눈에서 눈물이 주르륵 흘러내렸다.

어린 줄리가 그런 여자의 손을 꼬옥 붙잡았다. 줄리의 눈에도 엄마가 힘들어하는 게 보였던 것이다.

"엄마, 미안해. 이제 전화받지 않을게."

"그래, 엄마가 미안해."

여자는 어린 딸을 끌어안고 다독여 주었다.

TV 소리가 잦아들었다.

곧이어 스캇이 우물쭈물 다가와 모녀에게 변명을 늘어놨다.

"여보, 굉장히 미안해. 하지만 나는 매니저에게 할 말이 없었어. 사실 내 입장에서는 미안하다는 말도 못 하잖아."

"그건 나도 마찬가지야."

"알아, 그래서 미안해. 괜히 내가 사고를 내는 바람에 집까지 팔게 하고…… 어떻게든 안정적인 일자리를 구하게 되면 다 갚을게. 알잖아, 나 스캇이야!"

스캇이 과장된 동작으로 두 손을 활짝 펼쳐 보였다.

김소연은 그런 스캇을 애증이 깃든 눈으로 바라보았다.

스캇은 미국에 와서 처음에 잠깐 다녔던 무료 어덜트 스쿨(adult school)인 ELS(English Language School) 강사였다. 친절하고 유머가 넘치는 그는 '영화 속의 서양 남자' 이기도 했다.

수업 중 그와 눈이 마주칠 때마다 언제고 일이 생길 거라는 것을 알았다.

3개월쯤 지났을 때, 그는 딸의 영어를 지도해 주겠다고 했다.

그리고 그가 자신의 집을 드나들던 어느 날, 자연스럽게 첫 키스를 나누었다.

그때는 정말 아무것도 보이지 않았다. 매일 아침 눈을 뜨면 '오늘은 무슨 일이 있을까?' 하는 상상만으로 심장이 뛰었다.

당연히 한국에 있던 남편과는 이혼을 했다.

다행히 어린 딸도 그를 잘 따라서, 새로운 가정을 만드는 데 어려움은 없었다.

만약 그가 딸아이를 귀찮아했다거나, 딸이 그를 싫어했다면 한때의 불장난으로 끝났을지도 모를 일이다. 하지만 그는 아이를 아꼈고, 아이는 그를 친아빠만큼이나 잘 따랐다.

꿈같은 시간은 그리 오래가지 않았다.

동거를 시작한지 일 년쯤 지났을까? 경기 침체를 견디지 못하고 스캇의 직장이 폐쇄된 것이다.

불행은 한꺼번에 찾아온다더니, 직장을 구하러 다니던 스캇이 신호대기 중이던 페라리를 들이박았다. 빗길에 운전 부주의로 일어난 일이었다.

보험 만기일을 넘긴 스캇을 위해 집을 팔아야 했다.

그렇게 쫄딱 망한 상태에서도 스캇의 유머와 씀씀이는 변하지 않았다. 유머를 잃지 않은 건 고마운 일이었지만 씀씀이까지 여전한 건 감당하기 어려운 고통이었다.

"당신이 스캇인 건 나도 알아. 하지만 우린 아직 월세조차 내지 못하고 있어. 농담이 아니야. 이러다가 진짜 쫓겨날지도 몰라."

"그래서 어쩌라고? 지금 내가 당장 해 줄 수 있는 게 없다는 걸 알잖아?"

"제발 신용카드 연체 안내문이라도 날아오지 않게 해 줘!"

"너무 몰아붙이지 마. 내가 카드를 안 쓴지 오래된 거 알잖아. 그건 전부 전에 사용했던 것들이야."

"당신이 해결하겠다고 지난달에도 장담했었잖아!"

"허니, 진정해. 말처럼 다 되면 나는 지금 주지사가 되어 있을 거야. 사람 사는 게 다 그런 거잖아. 좋은 날이 있으면 나쁜 날도 있는 거라고."

"좋은 날이 언제 있었는데?"

"뭐? 우리가 뜨겁게 사랑했던 날들을 다 잊은 거야?"

"그 날이 언제였는데? 일 년 전? 이 년 전? 아니면 삼 년 전? 이렇게는 못 살아! 하루하루 피가 마르는 거 같다고!"

"너무 그러지 마. 나를 만나서 좋은 점도 있잖아. 당신과 줄리를 봐. 영주권까지 얻었잖아. 미국에서 추방되지 않게 된 것만도 감사할 일이라고."

"감사라고? 내가 한국으로 추방되는 것과 홈리스(homeless)가 되는 것 중에 뭐가 더 좋은 건데? 말해 봐!"

"……."

스캇은 김소연의 시선을 슬쩍 피했다.

"한국에서 살 때는 먹고살 걱정은 하지 않았어. 하지만 지금은 당장 줄리 급식비도 내지 못할 판이야. 급식비는 둘째 치고, 아직 이번 학기 학비도 내지 못했다고!"

"그래서 내가 집 근처의 공립학교로 보내라고 했잖아. 왜 돈 들어가는 사립학교를 고집하는지 이유를 모르겠어. 집에서도 먼데 말이야."

스캇이 이해할 수 없다는 듯 고개를 설레설레 저었다.

월세조차 제대로 내지 못하는 와중에도 김소연은 줄리를 어바인 인근의 사립학교 Ocean vision school에 -학비가 비싸기로 소문난- 보내고 있었기 때문이다.

"왜냐고? 줄리 만큼은 최고의 학교에서 배워야 하니까! 당신이 줄리의 학비를 내줄게 아니라면, 그 문제에 대해서 뭐라고 하지 마!"

"누가 뭐라고 했나? 급식비와 학비를 못 냈다니까 하는 말이지. 공립은 다 공짜인데."

"그건 내가 '네일 앤 헤어(nail & hair)'를 다니면서 해결할 거라고 했잖아. 당신은 밀린 월세와 신용카드 사용료나 어떻게 처리할지 고민해!"

"어떻게 하긴 뭐, 매니저와 은행에게 알아서 하라고 해야지."

"알아서? 어떻게?"

"……."

스캇이 코믹한 표정으로 어깨를 으쓱여 보였다.

순간 김소연의 얼굴이 딱딱하게 굳어갔다. 지금과 같은 상황에서 저런 스캇의 몸짓은 낙천적이라기보다는 무책임하게 보였다. 신용불량과 밀린 월세의 피해는 고스란히 가족들이 뒤집어써야 하기 때문이다. 차갑게 가라앉은 매니저의 음성을 떠올리자 흠칫 하고 몸이 떨렸다. 걱정과 근심이 스캇에 대한 분노로 돌변하는 데는 그리 긴 시간이 걸리지 않았다.

"이대로라면 우리는 분명 거리로 내쫓기고 말거야! 웃기지도 않는 코미디는 때려치우고, 성실한 가장의 모습을 보여 줘 봐!"

계속된 김소연의 공격에 스캇도 짜증이 나는 모양이다. 스캇의 얼굴에서 웃음기가 사라졌다.

"당신, 혹시 이전의 생활을 그리워하는 거야?"

"무슨 소리야?"

"지금까지 나에게 하지 않았던 말을 하고 있잖아. 한국에서 살았던 얘기며 가장의 모습을 보이라는 거며, 정말 그런 거야?"

"그런 뜻에서 하는 말이 아니잖아. 당신이 생활에 신경을 쓰지 않으니까……."

"소피아, 나를 너무 몰아세우지 마. 나도 할 만큼 하고 있다고. 내가 일자리를 구하지 못하는 게 내 잘못은 아니잖아. 미국의 경제가 얼마나 엉망인지 당신도 잘 알고 있잖아."

"당신이 일자리를 못 구해서 화를 내는 게 아니잖아. 돈을 헤프게 쓰지 마."

스캇이 지겹다는 듯 중얼거렸다.

"돈, 돈, 돈…… 하루라도 입에서 돈 소리가 나오지 않는 날이 없군."

"뭐라고?"

"그렇잖아. 요즘 당신은 입만 열었다 하면 돈 얘기로 나를 괴롭히고 있다고. 나는 당신을 위해 돈을 찍어내는 기계가 아니야."

"……."

김소연이 기가 막힌다는 표정으로 스캇을 바라보았다. 그건 지난 일 년간 돈을 한 푼도 벌어 오지 않은 남자의 입에서 나올 소리가 아니었다.

부들부들 떨던 김소연이 분노를 억누르며 말했다.

"……나는 당신에게 돈을 달라고 한 적이 없어. 돈 많은 여자들의 손톱과 발톱을 손질해 주면서 당신을 먹여 살리고 있는 사람이 나라고."

"거 봐. 그러니까 결국 나에게 돈을 벌어 오라는 말이잖아."

"지금까지 밀린 월세를 내가 감당할 수 없다는 걸 당신도 알고 있잖아."

"그래서 어쩌라고? 당신을 위해서 은행이라도 털까?"

"그게 어떻게 나를 위한 일이지? 이 집은 우리의 집이잖아."

"오! 은행을 털지 말라는 말은 하지 않는군."

스캇이 손가락으로 권총 모양을 만들어 쏘는 시늉을 했다.

"빵. 빵."

"그래! 그럼 나가서 은행이라도 털어! 우리를 홈리스로 만들지 말아 달라고!"

참다못해 김소연이 소리를 버럭 내질렀다.

스캇이 기묘한 표정으로 여자를 바라보았다. 이글거리는 눈으로 자신을 쏘아보고 있는 여자를 보고 있자니 마치 다른 사람을 보고 있는 듯했다. ELS에서 수줍게 눈웃음치던 소피아의 모습은 더 이상 보이지 않았다. 지금 자신의 눈앞에 있는 것은 무식하고 난폭한 동양 여자일 뿐이었다.

스캇이 돌아서며 중얼거렸다.

"Jesus, 나를 너무 몰아붙이지 말라고 했잖아."

화가 풀리지 않은 김소연이 다시 소리쳤다.

"나를 이렇게 만든 건 당신이야!"

"O · K. 그렇게 좋아하는 돈, 벌어다 주지. 모두 당신이 원한 거야."

"그래! 좀 벌어 와 봐! 나도 매니저의 욕을 듣고 싶지 않으니까!"

스캇은 뒤도 돌아보지 않고 밖으로 나가 버렸다.

잠시 후 '쾅' 소리와 함께 현관문이 닫혔다.

줄리가 놀란 눈으로 엄마를 바라보았다. 엄마와 스캇의 다툼이 처음은 아니었지만, 오늘의 엄마는 전과 달리 난폭해 보였다.

"엄마, 괜찮아?"

"응, 미안해. 괜찮아. 엄마 너한테 화난 거 아니야."

김소연이 줄리를 안고 머리를 쓰다듬었다.

머뭇거리던 줄리가 조심스럽게 말했다.

"엄마, 나 공립학교로 가면 안 돼?"

"왜? 학교에서 누가 뭐라고 그래? 선생님이 뭐라고 했어?"

"아니, 그건 아닌데……."

"그런데, 왜?"

"나…… 점심 먹고 싶어서."

"뭐? 학교에서 급식을 안 줘어?"

"아니, 주는데…… 급식비가 너무 밀려서…… 내가 못 먹겠어."

"급식비 엄마가 준다고 했잖아."

"엄마도 돈 없잖아. 스캇이 그러는데, 공립학교로 가면 급식비는 안 내도 된다고……."

"스캇은 원래 생각 없이 말하는 사람이잖아. 신경 쓰지 마."

"……."

가만히 안겨 있던 줄리가 다시 물었다.

"엄마, 우리 한국으로 돌아가면 안 돼?"

"응? 한국으로 돌아가고 싶어?"

"여기서 홈리스가 되고 싶지는 않아."

"누가 홈리스가 된데?"

"아까 그랬잖아. 홈리스 될지도 모른다고."

"그건 엄마가 스캇이 너무 게을러서 해 본 소리야. 홈리스는 아무나 되는 줄 아니? 그건 정말 돈 한 푼 없는 거지들이나 되는 거야, 줄리”

“우린 거지 아니지?”

“당연하지. 엄마가 일하고 있잖아.”

“헤헤, 다행이다.”

“그래도 한국 가고 싶어?”

“아니, 학교 다니는 게 재밌어.”

“그래, 너는 걱정하지 말고 학교나 잘 다녀, 급식도 먹고. 알았지?”

“응.”

“급식비 밀렸다고 안 먹으면 안 돼. 엄마가 내줄 테니까. 꼭 먹어. 만약 선생님이 급식비 못 냈다고 안 주면 엄마한테 바로 말해, 알았어?”

“응. 먹을 게.”

“엄마랑 약속했다.”

“응, 약속.”

방긋 웃던 줄리가 생각났다는 듯 말했다.

“참, 엄마. 내일 학교 올 거야?”

“내일?”

무심코 되묻는 김소연은 영문을 모르겠다는 표정이었다. 줄리를 놀려 주기 위해서 그러는 게 아니라, 정말 모른다는 얼굴이었다.

"전에 말했잖아. 엄마 아빠 오는 날이라고."

"아! 내일이 벌써 학부모의 날이었구나."

"응, 올 거야?"

"미안, 못 갈 거 같아. 엄마 요즘 일 다니잖아."

"아, 맞다. 괜찮아. 안 와도 돼."

줄리는 애써 밝은 표정을 지어 보였다.

엄마가 일을 다니기 시작한지 얼마 되지 않아 자꾸 깜빡 잊는다. 네일 앤 헤어에서 일을 하면서부터 엄마는 전처럼 학교에 자주 오지 않는다. 수업이 끝나는 시간에 맞춰 데리러 오는 것도 쉽지 않은 일이라는 걸 알면서도 예전의 기억으로 자꾸 묻고 또 묻고 한다.

웃고 있는 줄리의 머리를 김소연이 부드럽게 쓰다듬었다.

"그만 네 방에 가서 책 읽어. 엄마 저녁 차려야 되니까."

"응."

줄리가 돌아가자 김소연은 냉장고 문을 열었다.

차가운 냉기에 멍하던 머리가 조금 개운해지는 느낌이었다.

하지만 김소연은 다시 냉장고 문을 닫아야 했다. 냉장고에 요리를 할 만한 재료가 남아 있지 않았던 것이다.

황급히 주머니를 뒤져 보니 동전이 몇 개 만져졌다.

김소연은 식탁 의자에 무너지듯 주저앉았다.

정말 돈이 없었다.

탁자 위에 수북이 쌓여 있는 청구서들로 다시 눈이 갔다.

이민 초기에 학부모 모임에서 만났던 어느 엄마의 말이 떠올랐다.

"미국에서는 빌빌(Bill: 청구서)거리다가 죽는다는 말이 있어요. 그건 정말 당해 보지 않으면 몰라요. 청구서가 수북이 쌓이면 정말…… 아휴~ 끔찍할 것 같아. 가끔은 노래방에 나가서 몸 파는 아줌마들의 심정도 이해가 간다니까."

이대로라면 정말 홈리스가 되고 말 것이다.

김소연은 주방에 걸려 있는 작은 거울 앞으로 다가갔다.

삶에 찌든 삼십 대 후반의 여자가 보였다.

저도 모르게 얼굴을 쓰다듬었다.

'노래방 도우미라도 해 볼까…….'

그렇게 생각하던 김소연은 깜짝 놀란 얼굴로 자신의 뺨을 세차게 후려쳤다.

"미친년……."

한순간이라도 노래방에 나가서 몸을 팔 생각을 했다니? 정말 미치지 않고서야 어떻게 그런 생각을…….

김소연은 애써 씩씩한 몸짓으로 다시 냉장고를 열었다.

한쪽 구석에 오래된 김치가 보였다.

오늘은 그것으로 김치찌개를 끓이면 된다.

냄비에 김치를 털어 넣던 김소연의 동작이 다시 느려졌다.

'내일은?'

그러고 보니 내일 먹을 음식이 없었다.

가스레인지를 켜려던 김소연의 입에서 한숨이 흘러나왔다. 학부모의 날에 못 가는 게 문제가 아니다. 당장 먹고살 일이 걱정이다.

제3화

남자와 아빠

"팀장님, 이거 어떻게 하죠?"

김미연 박사로부터 한 무더기 자료를 넘겨받아 분석하던 김동식이 인상을 찡그렸다.

"왜?"

"김소연 씨 쪽이 좀 곤란한 상황에 처한 것 같은데요."

"곤란한 상황?"

"어제 날짜로 김소연 씨가 세 들어 살고 있는 집의 주인이 지방법원에 퇴거요청을 한 기록이 있어요."

"무슨 소리야?"

"6개월이나 월세를 받지 못했다네요."

"뭐?"

"미국에서 보통 3개월 연체를 하면 퇴거요청을 하는데, 6개월이면 주인도 많이 참은 셈이에요."

"재혼했다면서? 남편은 뭐하는데?"

"이 년 전에 다니던 회사가 망하고 현재는 실직 상태에요."

"쯧, 천벌인가. 강 선생 마음이 편치 않겠는데."

"근데 문제는 그게 아닌 것 같아서……."

박미나가 말끝을 흐렸다. 확실하지 않은 일을 말하는 게 내키지 않았던 것이다. 하지만 그렇다고 덮어 둘 문제도 아니었다.

"무슨 소리야? 홈리스보다 더한 문제가 있다는 기야?"

"스캇이라는 남자가 좀 신경이 쓰이네요."

"왜 범죄라도 저지른 거야?"

"캐나다 출신의 미국시민권자 인데요. 성범죄 전력이 있어요."

"무슨 짓을 했는데?"

"2007년에, 미성년자를 출연시킨 포르노물의 제작과 유통에 관여한 혐의로 기소된 경력이 있어요. 증거 불충분으로 풀려났는데, 그가 작년에 다니던 회사 사장이…… 하필이면 불법 아동 포르노물의 제작사로 악명이 높은 CrazyXXX.com의 실제 소유주인 핀헤드와 사촌이에요."

"그러니까, 스캇이라는 남자가 핀헤드의 사촌이 경영하는 회사에 다녔다고?"

"네."

"그 핀헤드란 놈은 불법 아동 포르노물을 제작하는 놈이고?"

"네."

"미치겠군."

"하아, 그러게 말이에요."

박미나의 입에서도 한숨이 흘러나왔다. 하필 얽혀도 이런 쓰레기들과 얽히다니, 같은 여자로써 안타깝기까지 했다.

문득 김동식 팀장이 물었다.

"강 선생의 딸이 몇 살이지?"

"한국 나이로 11살이니까, 미국 나이로는 9살이네요."

"느낌이 좋지 않아……."

"설마, 아무리 그래도 혼인신고까지 했던데…… 자기 딸을 그렇게 할까요?"

"아니야. 이건 감이 좋지 않아. 스캇이라는 놈의 주변을 좀 파봐야겠어."

"하지만 우리 쪽 인력이……."

박미나가 곤란하다는 얼굴로 주변을 둘러보았다.

기본적으로 제5과의 요원이 몇 명 되지도 않는데다, 곧 4개국 장관 회의까지 열린다. 미국까지 신경 쓸 여력이 없었다.

김동식 팀장이 김진혁 요원을 향해 고개를 돌렸다.

"지금 당장 빼내도 괜찮은 사람이 누구지?"

"그나마 최명석 정도입니다."

자신의 이름이 거론되자 최명석이 슬그머니 자리에서 일어섰다.

"재는 영어가 안 되잖아."

김동식 팀장의 말에 최명석이 황급히 말했다.

"아닙니다! 저 영어 잘합니다. 발음이 좀 이상해서 그렇지 의사소통에는 문제가 없습니다! 대학 때 캐나다로 어학연수를 일 년 갔다 온 적도 있습니다."

"음, 그래? 그럼 네가 가라."

"미국요?"

"그래, 강 선생이 미국에 체류하는 기간만이야."

"아, 일주일?"

"정확히 오 일 남았다. 현장요원 실습을 미국에 가서 한다고 생각해."

"네! 알겠습니다!"

힘차게 대답하는 최명석을 향해 김동식 팀장이 확인하듯 물었다.

"너 미국에서 사고 치다가 잡히면, 알지?"

"네, 안 잡히도록 하겠습니다."

"잡혀도 상관없어. 우리는 신경 쓰지 않을 거니까. 국정원 요원증과 장비 전부 사무실에 두고 가. 미국에는 여권과 주민등록증만 가지고 나가는 거야. 스스로 극복해 나오는 것도 훈련의 일부라고 할 수 있으니까. 변호사 비용은 걱정하지 마라."

"예?"

한마디로 무슨 일이 생기면 개인적인 문제로 치부할 거라는 소리다.

“휴가 주는 거니까, 오 일 동안 미국에서 놀다 와.”

“…….”

최명석의 입이 쩍 벌어졌다. 예상했던 대로다. 불미스러운 일이 생길시 제5과에서 도움을 주지 않겠다는 뜻이다.

“저어, 제 진짜 휴가는 어떻게?”

“당연히 이번에 쓰는 거지.”

“저 휴가 때 미국이 아니라 스위스로 갈 예정이었는데요?”

스위스라는 말에 김동식 팀장이 짜증을 냈다.

“아, 저 오렌지 같은 자식! 미국 가라면 감사합니다 하고 가야지, 뭐 스위스? 박세기, 너 후배들 교육을 어떻게 시킨 거야?”

순간 박세기 요원의 인상이 험악하게 일그러졌다.

“최명석! 나 때는 제주도에 갈 일이 있어도 서로 보내 달라고 난리였어, 인마! 미국씩이나 가게 됐으면 땡잡은 줄 알고 가는 거지! 어디서 휴가 따로 뽑아 먹겠다고 생떼야!”

“선배님, 좀 봐 주세요. 요즘 누가 미국으로 휴가를 갑니까? 공과 사는 구별을…….”

“감사합니다 하고 갈래, 아니면 콜롬비아에 가서 마약상들하고 포커를 칠래?”

김동식 팀장의 말에 최명석의 허리가 직각으로 꺾였다.

"감사합니다!"

"그래, 이번 지원작전은 네 손에 달려 있으니까. 잘해."

"넵!"

*　　　*　　　*

뉴욕 록펠러 센터의 GE플라자 최고층에 자리한 사무실은 사도들의 회합을 위한 장소이자, 의장인 후안 페르난데스가 기거하는 곳이다. 그 비밀스러운 장소에 두 사람이 마주하고 있었다. 그림자 사나이 그레이와 의장인 후안 페르난데스였다.

의장인 후안 페르난데스가 자신의 앞에 서 있는 회색 빛깔의 남자 그레이를 지그시 바라보았다.

잠시 후 후안 페르난데스의 담담한 음성이 회의실에 울려 퍼졌다.

"장 테스카틀은 실패했다. 그런데 규칙을 어기면서까지 그를 이곳으로 데리고 온 이유는 무엇인가?"

"그가 실패의 대가를 이미 치렀기 때문입니다."

후안 페르난데스가 미미하게 고개를 끄덕였다. 확실히 지금의 장 테스카틀은 대가를 치른 것이나 다름없었다.

"하지만 대가를 치렀다고 해서 그의 실패가 성공으로 바뀌는 것은 아니다. 그는 성공하지 못했고, 기회는 다른 사람에게 넘어

갈 것이다."

"의장님은 뭔가 착각을 하고 계시는 군요."

순간 후안 페르난데스의 눈에서 섬광이 번득였다. 자신의 앞에서 저렇게 말할 수 있는 사도는 없었다. 해골수정 속에 잠들어 있는 그들을 되살린 것이 자신인 까닭이다.

"그레이 사도, 나의 권위에 도전하고 싶었던 것인가?"

"그럴 생각은 없었습니다. 아무쪼록 저의 무례를 용서해 주십시오."

그레이 사도는 한 발 물러섰다. 의장인 후안 페르난데스에 맞서 뭔가 해 보겠다는 생각을 한 적은 한 번도 없었다.

"그대의 사과를 받아들이겠다. 그대가 하고 싶었던 말은 무엇인가?"

"우리의 사업과 12사도를 모두 깨우는 것 중에 더 중요한 것을 해야 하지 않겠습니까? 더구나 지금은 라크리마인지 또 다른 크라노시안인지 알 수 없는 자가 나타났습니다. 그렇다면 더더욱 12사도의 부활이 선행되어야 하지 않습니까?"

"하아, 인간이 사도가 된다는 것은 말처럼 쉬운 일이 아니다."

후안 페르난데스의 입에서 한숨이 흘러나왔다.

무수히 많은 인간이 영지(靈知)를 받아들이지 못하고 부활의 의식 도중에 절명했다. 사도 계승식 도중에 사망한 사람의 숫자가 오십을 넘긴 뒤로는 더 이상 세지 않았다. 다른 사도들도 그랬지만, 특별히 마지막 사도의 계승식은 더 까다로운 느낌이었다. 그의 영혼이 담긴 해골수정은, 수십 명의 목숨을 잡아먹고도 좀처럼 깨어날 기미를 보이지 않고 있었다.

"장 테스카틀은 제가 본 인간 중에 최고의 가능성을 가졌습니다."

"그대의 말이 다 옳다 해도 안 될 말이다. 목이 부러져 죽어 가는 사람에게 영지를 넣어 줄 수는 없다. 기적적으로 성공한다고 해도 죽어 가는 사람이 무엇을 할 수 있겠는가?"

"의장님의 소생마법이라면 그를 치료하는 것도 어렵지 않을 거라고 생각합니다."

"내가 왜 알지도 못하는 그를 위해 소생마법을 베풀어야 한단 말인가?"

"그건 그가 적임자이기 때문입니다."

"……."

후안 페르난데스 의장이 그레이 사도를 노려보았다. 죽어 가는 사람을 데리고 와서 치료해 주고, 계승식까지 치르라니 기가 막혔다.

"소생마법도 어렵지 않고, 계승식도 불가능한 것은 아니다. 어차피 죽고 사는 것은 그의 몫일 터. 그러나 그레이 사도여, 내가 그대를 위해 이 일을 해 준다면 그대는 나에게 무엇을 주겠는가?"

그레이 사도가 기다렸다는 듯 답했다.

"제가 의장님께 '종속의 인(印)'을 받겠습니다."

후안 페르난데스의 눈에 처음으로 감정이라고 할 수 있는 것이 떠올랐다. '종속의 인'이란 루인족의 마법사들 사이에서 종종 행해지던 일종의 충성맹세다. 그러나 '종속의 인'을 받으면 그의 생사를 주인이 결정할 수 있게 되는 탓에 노예계약으로 더 유명했다.

"사도가 사도에게 '종속의 인'이라…… 나에게 잔인한 결정을 강요하는군. 그렇게까지 하면서 계승식을 치르고 싶은가?"

"그렇습니다."

"고작 인간의 육체를 위해 '종속의 인'이라니…… 너무 큰 희생이라고 생각하지 않나?"

"인간의 말에 의하면, 크고 작은 것은 마음에 달려 있다고 하더군요."

"영원을 살아야 하는 우리에게 '종속의 인'은 지옥일 수도 있네."

"제가 원하고 있습니다."

후안 페르난데스는 더 이상 반대하지 않았다. 스스로 노예가 되겠다는데 반대할 이유가 없다. 강요한 것도 아니니 다른 사도가 알아도 비난하지 못할 것이다.

"가까이 오게."

그레이 사도가 후안 페르난데스의 앞에 무릎을 꿇었다.

후안 페르난데스가 그레이 사도의 이마에 엄지손가락을 댔다.

“Levi Tes Paratos. 그대 그레이 사도는 나 후안 페르난데스에게 그대의 육체는 물론 영혼까지도 바치겠다고 약속했다. 이것이 그대의 자유의지임을 인정하는가.”

“예.”

대답과 동시에 후안 페르난데스의 엄지손가락이 그레이 사도의 이마로 쑤욱 박혔다.

“그대의 진실한 대답에 의해 그대는 나의 권속(眷屬)이 되었다. 우리의 창조신 엘이 허락한 법칙 속에 그대가 나의 일부가 되었음을 선언한다. 나의 의지에 순종하면 그대의 생명은 영원할 것이나, 마음으로 거역하는 순간 소멸하고 말 것이다.”

“윽…….”

고통이 밀려온 것일까? 그레이 사도의 입에서 가느다란 신음이 흘러나왔다.

후안 페르난데스의 손가락이 서서히 빠져나왔다.

그제야 그레이 사도의 얼굴도 편안해졌다.

“일어나게. 나에게 ‘종속의 인’을 받았다고 해도 그대는 존엄한 사도일세. 나는 그대를 나의 형제로 대접할 것이네.”

“감사합니다.”

그레이 사도가 일어서자 후안 페르난데스의 얼굴에 씁쓰름한 미소가 떠올랐다. 그레이 사도의 결정을 도무지 이해할 수가 없어서다.

"약속대로 그를 치료하고, 계승식까지 하도록 하지. 그러나 그대도 알겠지만, 그가 사도가 될 수 있는지는 엘의 뜻에 달려 있다네."

"각오하고 있습니다."

"그럼 가보세."

후안 페르난데스가 앞장섰다. 장 테스카틀이라는 동양 남자가 누워있는, 사도들이 사용하는 게스트 룸(guest room)으로 가는 것이다.

그레이 사도가 묵묵히 그 뒤를 따랐다.

한참을 말없이 가던 후안 페르난데스가 입을 열었다.

"이렇게까지 그에게 집착하는 이유가 궁금하군."

"특별한 이유는 없습니다."

"쯧, 그대가 안착한 인간의 몸에 문제가 있다고 생각하는 사도들도 있음을 아는가?"

"후후, 연약한 인간이 무한(無限)의 존재인 저를 좌우할 수 있겠습니까."

"……."

후안 페르난데스는 가타부타 말하지 않았다. 얼마 전까지만 해도 그레이 사도처럼 생각했다. 그러나 오늘 하찮은 인간을 위해 '종속의 인'까지 맺은 그레이 사도를 보고 있자니 자신이 없었다. 인간은 연약하고 불완전한 인간의 몸 따위에, 정말 무한조차

변질시킬 수 있는 능력이 있는 것일까?

문득 후안 페르난데스가 걸음을 멈추고 뒤를 돌아보았다.

그레이 사도가 의아한 표정으로 물었다.

"왜……?"

후안 페르난데스는 그레이 사도의 이마에서 희미하게 빛나고 있는 '종속의 인'을 새삼 확인하고서 돌아섰다.

"아무것도 아닐세."

인간의 몸에 각인된 '종속의 인'은 어떨까?

그것도 변하는 것은 아닐까?

후안 페르난데스는 고개를 설레설레 저었다. 자신의 상상이 지나쳤다고 생각한 것이다.

'종속의 인'은 창조신 엘을 기원으로 하는 마법이다. 그것은 마치 태양이 뜨고 지는 것과 같이 변할 수 없는 절대적 진리다.

잠시 그레이 사도의 방에서 장 테스카틀의 상태를 살피던 후안 페르난데스가 중얼거렸다.

"인간의 몸이 이렇게 부서질 수도 있다니, 놀랍군."

"어떤 점이 그토록 놀랍습니까?"

"이건 물리의 법칙에도 위배되는 모양새야. 인간의 신체 전부를 완벽하게 고정시키고, 손목과 목만 부러뜨린 것 같지 않은가! 내 평생에 이렇게 깨끗하게 부러진 몸은 본 적이 없네."

그레이 사도가 장 테스카틀의 몸을 살폈다.

아닌 게 아니라 장 테스카틀의 몸은 치명적인 상처를 입어 죽어 간다고 생각되지 않을 정도로 멀쩡했다. 사망 직전이라는 것이 거짓말처럼 생각될 정도였다.

"이렇게 만든 사람이 누군지 아는가?"

"모릅니다. 제가 갔을 때는 이미 상대가 떠난 뒤였습니다."

"그런가……."

후안 페르난데스의 입에 희미한 미소가 걸렸다.

'종속의 인'이 무서운 것은 종의 감정을 알 수 있다는 것이다. 그레이 사도는 상대가 누군지 이미 알고 있었다. 그런데 모른다고 대답했다.

'주인에게 거짓을 고하고도 고통이 느껴지지 않는 얼굴이라니!'

인간의 몸은 대체 어떻게 생겨먹은 것일까?

잠시 생각하던 후안 페르난데스는 일단 장 테스카틀의 치료에 집중하기로 했다.

후안 페르난데스가 장테스카틀의 심장 부위에 손을 얹었다.

"Shada Baku A Hum."

후안 페르난데스의 손이 닿은 곳에서 황금빛 광채가 뿜어져 나왔다.

하아. 하아.

거의 끊어져 가던 장 테스카틀의 호흡이 서서히 돌아왔다.

뼛조각이 움직이는지 손목과 목의 피부가 들썩거렸다.

후안 페르난데스가 손을 뗐다.

어느새 장 테스카틀은 평온한 얼굴로 잠들어 있었다.

"아!"

그레이 사도의 입에서 탄성이 흘러나왔다.

후안 페르난데스의 위대함은 바로 이런 점이다. 창조학파 치료술의 거장답게 죽지만 않으면 살려낸다. 심지어 죽은 사람도 되살린 적이 있다는 소문까지 있었다.

그런 그레이 사도의 귀로 후안 페르난데스의 담담한 음성이 들려왔다.

"이제 시작일세. 그의 몸이 영지를 감당하지 못한다면 영원히 죽게 될 걸세. 그것이야말로 창조신 엘의 영역이지."

"그의 몸은 그릇으로 부족함이 없습니다."

"후후, 그런 소리는 지칠 정도로 들었다네."

후안 페르난데스가 품 안에서 작은 보석상자를 꺼내 그레이 사도의 머리맡에 내려놓았다.

"처음 나를 깨운 사람은 고대의 마야인 주술사였지."

말과 함께 후안 페르난데스가 상자를 열었다.

투명한 12개의 해골 모양의 수정이 보석상자 안에 가지런히 담겨져 있다. 성인의 엄지손가락 한 마디만 한 수정들이 형광등 아래 투명한 몸을 드러냈다.

후안 페르난데스가 그중 하나의 해골수정을 집어 들었다.
"이게 바로 내가 잠들어 있던 크리스털이라네. 마야인 주술사는 나의 마법을 흉내 내서 여러 개의 해골수정을 만들어 놓고 자살했지…… 나처럼 그 속에 들어가서 영원히 살고 싶었던 거야. 푸하핫! 인간의 어리석음이란……."
잠시 옛 추억에 잠겨있던 후안 페르난데스는 해골수정을 다시 상자에 담았다.
"그 뒤로는 그대도 알다시피 마력이 회복되는 대로 하나씩 이 세계로 불러들였지. 그때마다 뜻밖의 인물들이 나와서 꽤 놀랐다네. 그래도 그들은 내 예상을 크게 벗어나지는 않았어. 그대처럼 모두가 제국의 마탑에서 한 가닥 하던 존재들이었으니까 말이야. 하지만 마지막 남은 이 크리스털에는…… 누가 들어가 있는지 도무지 짐작도 가질 않아."
"제 기억에 의하면 마력의 크리스털은 많지 않았습니다. 그런데도 누구의 것인지 모르시겠습니까?"
"종말의 삼 년을 살았던 마법사들 가운데, 영체진화의 비밀을 터득한 마법사가…… 우리 외에 또 누가 있겠는가?"
후안 페르난데스가 힐끗 그레이 사도를 바라보았다.
물론 있을 것이다. 크라노시안이라는 말은 괜히 생긴 게 아니었다. 최근에만 해도 크라노시안인지 라크리마인지 불분명한 존재가 출현하지 않았던가!

"그도 그렇군요."

그레이 사도가 선선히 고개를 끄덕였다. 상대의 의견에 전적으로 동의한다는 그런 표정이었다.

후안 페르난데스의 얼굴에 다시 미소가 떠올랐다.

그레이 사도가 왜 다른 존재의 가능성을 모르는 체하는지 몰라도, 상관없었다.

"이 남자가 영지를 받아들이면 자연히 알게 되겠지."

후안 페르난데스가 상자에서 붉게 빛나는 해골수정을 꺼내 장 테스카틀이라는 남자의 입에 물렸다.

"Amar Xadok Halak, Karal Ra Qum!"

영지전이(靈知轉移)의 절대마법이 발현되었다.

순간 붉은 수정이 진동하기 시작했다.

고오오오.

가슴이 떨릴 정도로 기묘한 소리와 함께 해골수정에서 붉은 광채가 줄기줄기 뻗어 나왔다.

붉은 빛줄기는 살아 있는 생명체처럼 장 테스카틀의 몸을 감싸고 돌았다.

후안 페르난데스의 눈에 이채가 떠올랐다.

지금까지 다른 사람들은 주문을 외움과 동시에 입이나 코로 피를 쏟아내며 즉사했다.

그런데 저 남자는 아직도 살아 있다. 단지 살아 있는 것만이 아니라 온몸이 붉은 빛으로 칭칭 감겨 있다. 남자의 몸을 붉은 빛이 휘감을 때마다, 숨쉬기가 답답할 정도의 불길함이 엄습해 왔다. 저 정도의 붉은 빛은 다른 사도들에게서 나타난 적이 없었다.

번쩍.

한순간 앞이 안보일 정도의 빛이 쏟아졌다.

"헉!"

"윽!"

후안 페르난데스와 그레이 사도는 거의 동시에 눈을 질끈 감았다.

한참 만에야 두 사람은 정상 시력을 회복할 수 있었다.

"이건 대체……."

후안 페르난데스는 당혹스러움을 감추지 않았다.

지금까지 열 번의 영혼전이를 성공시켰지만 오늘과 같은 일은 처음이었다.

하지만 정작 원인을 제공한 장 테스카틀은 아무 일도 없었다는 듯 평안한 얼굴로 잠들어 있었다.

* * *

돈 문제로 김소연과 대판 말다툼을 벌인 그날 저녁, 스캇은 집으로 들어가지 않았다. 집 대신에 그가 선택한 곳은 라스베이거스(Las Vegas)였다. 피곤한 상태였음에도 불구하고 무려 5시간이나 운전을 해서 라스베이거스로 달려갔던 것이다.

김소연과 만난 이후로 발길을 끊었던 도박장이다. 그러나 무려 삼 년 만에 다시 찾은 라스베이거스에서 스캇은 밤새도록 포커를 쳤다. 물론 포커판의 판돈은 몰래 가지고 나온 김소연의 데빗카드(debit card: 이용대금 즉시 결제카드)에서 충당했다.

홧김에 뛰어든 포커판에서 처음에는 제법 많은 돈을 땄다. 그러나 새벽녘이 되자 땄던 돈은 물론, ATM기로 찾았던 돈까지 몽땅 날리고 말았다. 그래도 스캇은 그다지 억울해하는 표정이 아니었다. 비록 돈은 잃었지만, 병신처럼 사는 동안 쌓였던 스트레스를 모두 날려 버릴 수 있었기 때문이다.

호텔 카지노 1층에서 멍하니 슬롯머신의 버튼을 누르고 있는 스캇에게 한 백인 남자가 다가갔다.

"헤이, 또라이! 그동안 뭐하고 지낸 거야?"

스캇은 이미 그가 누구인지 아는 듯 돌아보지도 않았다.

"닥치고, 살 거야 말 거야?"

"어이~ 당연히 사려고 온 거잖아."

"선금으로 2만, 나머지 3만은 넘겨주고 난 다음에. 알았어?"

"미쳤군, 요즘 누가 5만 달러나 낸다고!"

"이번 건 끝장난다고 했잖아."

"허풍은 여전하군."

말과 달리 잭이라고 불린 삼십 대 중반 사내의 눈은 탐욕으로 번들거렸다. 삼 년 전 손을 떼기 전까지 스캇은 최고의 공급책 가운데 하나였다.

"그래, 아시아에서 건너온 완벽한 예쁜이지. 품질은 내가 보증해."

"몇 살이라고 했지?"

"9살."

"이봐 원숭이의 값이 어떻게 5만이나 된다는 거야? 선불로 만 달러, 넘겨받은 뒤에 다시 만 달러를 주지. 그나마 너를 아니까 이 정도 쳐주는 거라고."

"Fuck you! 고작 2만 달러를 받으려고 내가 다시 이 짓을 할 거라고 생각하나?"

"이봐 싫으면 하지 않아도 돼. 요즘은 나이보다 어려 보이는 애들이 많아. 걔들은 천 달러만 줘도 끝내주게 해 준다고. 게다가 나중에 신경 쓸 일도 없고 말이야. 알잖아?"

"제길! 날로 삼키려고 하는 건 옛날이나 지금이나 그대로네. 선불로 만 오천, 나중에 다시 만. 그 이하로는 안 해. Crazy가 안 나선다면 69 Girls의 허니뷰에 넘길 거야."

"……."

잭이 신경질적으로 담배에 불을 붙였다.

담배를 몇 모금 들이마신 잭이 머리를 절레절레 흔들었다.

"좋아, 대신 정말 끝내주는 물건이어야 해. 만약 토가 나올 만한 걸 들이밀면 핀헤드가 네 머리에 총알을 박아 줄 거야. 나는 옛 친구가 죽는 꼴을 보고 싶지는 않다고."

"걱정 마, 누구라도 그 애를 보면 안달이 날 테니까."

말과 함께 스캇이 손을 내밀었다.

잠시 망설이던 잭이 품 안에서 밴드로 꽁꽁 묶은 백 달러짜리 뭉치를 꺼냈다. 그리고 돈을 스캇의 손에 쥐여 주며 속삭였다.

"알고 있겠지만, 돌려받을 생각은 하지 마."

"농담해? 돌려보내면 내가 더 곤란해진다고."

돈을 받은 스캇은 곧바로 슬롯머신의 잔액출력 버튼을 눌렀다. 그리고 '지이잉' 소리와 함께 출력된 50달러짜리 잔액확인증을 뽑아 들고 자리에서 일어섰다.

잭이 그런 스캇의 옆으로 다가가 속삭였다.

"언제 넘겨줄 거야?"

"이번 주 금요일 저녁 9시, 예전처럼 산타 모니카(Santa Monica)의 그린(Green) 스튜디오에서."

"뭐야?"

잭이 인상을 찡그렸다.

오늘이 화요일이니 삼 일 후에나 거래하겠다는 소리다.

"왜 3일이나?"

"Hey, 색골(ass man)! 내가 있는 곳이 어디야? 모처럼 베가스에 왔잖아~."

말과 함께 스캇이 잔액확인증을 들고 환전센터로 걸어갔다.

잭은 조금 전까지 스캇이 앉아서 하던 슬롯머신 앞에 털썩 주저앉았다. 그리고 달러를 지폐투입기로 밀어 넣으며 중얼거렸다.

"사 년 만에 나타나서 한다는 소리가 자기 딸을 팔겠다니. 더러운 자식(asshole) 같으니라고……."

*　　*　　*

미국 캘리포니아 코스타 메사(Costa Mesa)의 Ocean Vision Elementary School.

3학년 교실에서 담임인 제니퍼가 줄리를 향해 손짓했다.

"줄리, 오늘 엄마 아빠 오시라고 했지?"

오늘은 학부모들이 학교에 와서 담임과 함께 다과를 나누며 학급 운영을 토론하는 뜻깊은 날이다. 하지만 줄리의 경우 –교장의 특별 지시로– 따로 부모와 면담을 가질 생각이었다. 학비는 물론 급식비까지 내지 않고 있는 줄리를 어떻게 할 것인지 확인해야 하기 때문이다.

쭈뼛거리며 다가온 줄리가 고개를 저었다.

"엄마는 못 와요. 일하러 갔어요."

"아빠는?"

“집에 없어요.”

“그럼 안 되는데. 어떻게 하지? 선생님이 부모님 꼭 모시고 오라고 했잖니?”

“네, 엄마에게 말했어요.”

“알았다. 선생님이 부모님에게 전화를 해 봐야겠구나. 수고했어, 가 봐.”

“네.”

줄리가 제니퍼에게 꾸벅 인사를 하고 돌아섰다.

축 처진 가녀린 어깨를 보고 있자니 마음이 아팠다.

제니퍼의 입에서 한숨이 흘러나왔다.

하지만 이내 제니퍼는 마음을 독하게 먹었다. 줄리의 경우 이미 담임인 자신이 수습할 수 있는 범위를 넘어섰다.

문득 시계를 보니 10시 30분이 넘어가고 있었다.

학부모와의 시간이 11시부터니 남은 시간은 많지 않았다.

잠시 생각하던 제니퍼는 학적부를 보기 위해 행정실로 가 보기로 했다. 줄리 부모의 전화번호를 확인하기 위해서다.

학교의 행정실은 교장실의 맞은편에 있었다. 교장이 사무 행정에 깊숙이 관여해야 하기 때문이다.

제니퍼는 행정실로 들어가기 전에 습관적으로 교장실을 힐끗 바라보았다.

단지 느낌일까?

굳게 닫힌 교장실 안쪽에서 흥분한 교장의 음성이 들리는 것 같았다.

제니퍼는 잠시 고개를 갸웃거리다가 행정실의 문을 열고 안으로 들어갔다.

책상 배치 상 입구에서 가까운 세리나가 손을 흔들어 보였다.

"하이, 제니퍼. 벌써 거기까지 소문이 난거야?"

"응? 무슨 소문?"

"학부모의 날이라고 줄리의 친아빠가 왔잖아! 그 소식 듣고 온 거 아니었어?"

"전혀, 줄리의 친아빠가 왔다고?"

제니퍼가 여전히 알 수 없다는 표정으로 세리나를 바라보았다. 왔으면 2학년 교실로 갈 일이지 교장실에는 왜 간단 말인가?

"Oh! My, God! 진짜 모르고 왔구나. 이리 와 봐."

세리나가 제니퍼의 손을 이끌고 창가로 다가갔다.

세리나의 검고 윤기 있는 손가락이 한쪽을 가리켜 보였다.

"보여?"

"뭐가? 뭘 봐야 하는데?"

세리나가 답답하다는 듯 손끝으로 창문을 '톡톡' 건드렸다.

"주차장에 서 있는 저 차를 보라고. 마이바흐(Maybach)야! 선택받은 사람들만 탈 수 있다는 메르세데스 벤츠 마이바흐!"

"설마, 저 차를 줄리의 아빠가 타고 왔다는 말은 아니겠지?"

"왜 아니겠어."

"칫, 어차피 자기 차는 아닐 거야. 한국 사람들 허세가 좀 심하잖아."

제니퍼는 친아빠가 왔다는 말을 듣고도 별 느낌이 없었다. 친딸에게 관심을 가지고 있었다면 줄리가 쫄쫄 굶으며 학교에 다니게 하지는 않았을 거라는 생각에서다. 결국 알고도 방치한 무책임한 아빠이거나, 돈이 없는 게 분명하다. 제니퍼는 후자일 거라고 생각했다.

"남의 차라고? 그랬으면 왜 교장 선생님이 모시고 갔겠어? 30분 전에 그의 회사 직원이라면서 한국 사람이 왔다가 갔는데, 놀라지마."

"또 뭘?"

"줄리 이름으로 도서관을 하나 지어 준데."

"당신, 불쌍한 줄리를 가지고 실없는 소리 하지 마. 진지하게 말하는데, 나 장난할 기분 아니야."

제니퍼의 얼굴에 불쾌한 빛이 가득했다. 세리나가 저질스러운 농담을 한다고 생각한 것이다. 도서관을 지어 준다는 말은 줄리의 가정 형편을 생각하면 명백한 희롱이었다.

"와우! 믿지 못 하는군. 조금만 기다려 봐. 곧 교장 선생님과 함께 나올 테니까."

“장난 그만하고, 줄리의 서류나 줘 봐. 엄마하고 통화를 해 봐야겠어.”

“왜?”

“줄리를 언제 공립학교로 보낼 건지 물어보려고. 교장 선생님이 그걸 알고 싶어 해.”

“호호호! 그 말을 교장 선생님이 들었어야 하는데. 아마 널 죽이려고 들걸?”

“진짜 오늘 왜이래? 난 연락처가 필요해서 왔어. 이제 곧 학부모들이 교실에 모일 시간이야. 어서 줄리 엄마의 연락처나 좀 알아봐 줘.”

“그 문제라면, 진짜 줄리의 친아빠를 만나 보고 나서 천천히 해도 돼. 내 말을 믿어.”

세리나가 제니퍼의 어깨를 가볍게 두들겨 준 후 자리로 돌아갔다.

제니퍼가 멍한 얼굴로 세리나의 풍만한 뒷모습을 바라보았다.

끝까지 저러는 걸 보면 농담은 아닌 것 같다. 하지만 여전히 굶고 다니는 줄리와 도서관 건립의 이야기는 서로 연결이 잘 되지 않았다.

바로 그때 교장실의 문이 열리며 세 사람이 걸어 나왔다.

교장과 처음 보는 이십 대의 젊은 한국인 남녀였다.

때마침 교장과 제니퍼의 눈이 마주쳤다.

순간 교장의 얼굴에 –믿을 수 없게도– 화사한 미소가 떠올랐다.

갑작스런 그 변화에 제니퍼는 적응하지 못해 당황하고 말았다. 오랜 경기 침체의 여파로 학생들이 줄어들어 늘 찡그리고 다니던 교장은 어디로 가고!

“제니퍼~ 이리 와 보세요~.”

육십 대의 여교장이 마치 십 대 소녀처럼 뾰족한 음성으로 소리쳤다.

제니퍼는 교장실을 향해 똑바로 걸어갔다. 그러는 동안 제니퍼는 교장의 뒤에 서 있는 동양인 남녀를 충분히 살펴볼 수 있었다.

‘그럴 줄 알았다니까. 어딜 봐서 친아빠라는 거야. 삼촌이면 모를까?’

이십 대 중반의 남녀는 잡지에서 걸어 나온 사람들처럼 분위기가 있었다. 아무리 생각해도 줄리의 우중충한 가정사와는 어울리지 않는 모습들이다.

“제니퍼, 이분은 줄리의 친아버지인 강유진 씨입니다. 귀한 따님의 학교생활이 궁금해서 들르셨다는군요. 마침 학부모 참관일이니까, 너무 잘됐죠?”

“네에? 진짜 줄리 아버지세요?”

제니퍼가 새삼스러운 눈길로 사내의 아래위를 살폈다. 최고급 정장이 아니더라도 은은히 풍겨나는 기품은 그가 보통 사람이 아니라는 것을 알 수 있게 했다. 점심을 굶고 다니는 아이에게 이런 아버지가 있었다는 것이 도통 믿어지지 않았다.

강유진이 담담한 미소로 인사를 건넸다.

“강유진입니다.”

“아, 저는 줄리를 가르치고 있는 제니퍼에요.”

가벼운 인사가 끝나자 김미연이 나서서 유창한 영어로 방문 동기를 설명했다.

“저는 강 선생님의 비서인 그레이스 김입니다. 강 선생님은 한국에서의 사업 때문에 줄리를 만나러 올 틈이 없었어요. 그런데 며칠 전 미국 출장 도중에 전 부인의 형편이 어렵게 됐다는 이야기를 들었죠. 줄리의 학교생활에 관계된 경비는 모두 강 선생님의 회사에서 부담할 겁니다.”

“와우! 정말 잘됐네요! 줄리도 아빠가 온 걸 알면 무척 기뻐할 거예요! 요즘 좀 힘들어했거든요.”

제니퍼는 자기 일처럼 좋아했다.

“제니퍼, 시간이 된 것 같으니 교실로 가 보도록 할까요?”

교장의 말에 제니퍼는 퍼득 정신을 차렸다.

시계를 보니 벌써 50분이다. 여기서 이러고 있을 틈이 없었다.

“그럼, 가 볼까요?”

제니퍼가 씩씩하게 앞장섰다.

교실 구석에 침울한 표정으로 앉아 있던 줄리는 문소리가 나자 흠칫 놀란 표정이다. 돈을 내지 못한 것 때문에 선생님의 그림자

만 봐도 가슴이 두근거렸다.

그런데 선생님의 뒤로 세 사람이 더 들어왔다.

줄리는 친구들의 뒤에 숨어 교실로 들어온 어른들을 몰래 살폈다.

마귀할멈처럼 무서운 교장 선생님과 어딘지 낯이 익은 남자, 그리고 예쁜 여자다.

남자가 누군지 생각하고 있던 줄리의 귀로 제니퍼의 음성이 들려왔다.

"줄리, 이리 와~ 너를 만나기 위해 한국에서 아빠가 찾아오셨단다~."

"아빠?"

줄리가 멍한 표정으로 남자를 바라보았다.

그러고 보니 어릴 때 목마를 태워 주던 아빠를 닮았다. 하지만 기억 속의 아빠보다 백배는 더 잘생겨서 도무지 실감이 나지 않았다.

강유진이 머뭇거리고 있는 줄리에게 성큼성큼 다가갔다.

"강하연! 벌써 아빠 얼굴 잊어버렸어?"

"어어? 진짜 아빠야? 아빠!"

줄리가 고양이처럼 달려 나가 강유진의 목을 끌어안았다.

강유진은 딸의 몸을 꼭 안고 한동안 아무 말도 하지 못했다. 자신이 버림받았다는 서글픔은 재회의 기쁨에 비할 바가 아니었다.

제4화

꽃과 나비

회색의 낡은 2001년식 혼다(Honda) 한 대가 학교 앞 도로로 천천히 진입했다. 소연이 네일 앤 헤어에서 일을 마치고 마중을 나온 것이다. 소연은 교문에서 50미터쯤 떨어진 -주차가 허가된- 빈자리에 차를 세워 두고 학교로 걸어갔다.

3시가 되려면 아직 십 분 정도의 여유가 있는지라, 소연은 서두르지 않았다.

정문에 도달한 소연은 시간을 확인했다.

아직 오 분이 남았다.

강철로 된 정문은 굳게 닫혀 있었다. 미국의 학교는 수업시간에 외부인의 출입을 허용하지 않는다. 소연은 근처에 있는 다른 부모들처럼 그늘을 찾아 들어갔다.

잠시 후 정각 3시가 되자 육중한 철문이 열렸다.

그리고 아이들이 재잘거리며 쏟아져 나왔다.

천진난만한 아이들의 표정과 달리 소연의 얼굴은 어둡기만 했다. 아직 내지 못한 학비와 급식비를 생각하면 딸의 얼굴을 볼 면목이 없었다. 혹시 선생님들을 만나기라도 할까 봐 기다리는 내내 불안하고 초조하기까지 했다.

주변의 눈치를 살피며 서성이고 있던 소연의 눈에 줄리의 얼굴이 보였다.

소연은 차마 소리치지 못하고 말없이 손을 흔들어 주었다.

줄리가 환한 미소로 두 손을 마구 흔들었다.

"엄마! 엄마!"

소연은 혹시라도 학교 관계자들이 자신을 보게 될까 봐 입술에 손가락을 가져다 댔다. 조용히 하라는 뜻이다.

하지만 줄리는 뭐가 그렇게 좋은지 싱글벙글 웃으며 계속 '엄마!'를 외쳤다.

마침내 줄리의 손을 잡게 된 소연이 황급히 주의를 주었다.

"줄리야, 왜 그렇게 소리를 질러?"

"엄마! 아빠 봤다!"

"아빠?"

소연은 일순 혼란에 빠졌다.

지금 줄리가 아빠라고 부르는 사람이 누군지 헷갈렸던 것이다. 줄리는 스캇을 아빠라고 부르지 않았다. 줄리에게 스캇은 그저 스캇이었다.

'혹시 스캇을 아빠라고 부르기 시작한 건가?'

문득 '지난번 스캇과의 싸움 이후로 줄리가 눈치를 보고 있는 것인지도 모른다' 는 생각이 뇌리를 스치고 지나갔다.

그 정도로 소연은 강유진을 기억에서 지워 버린 상태였다.

소연은 줄리의 손을 잡고 걷기 시작했다.

"스캇이 왔었어?"

"아니."

"아니야?"

"응, 한국에서 아빠가 왔어. 교장 선생님이랑 같이."

줄리는 예쁜 여자의 이야기는 하지 않았다.

"진짜?"

"응, 선생님이 그러는데, 아빠가 졸업할 때까지 학비 다 내준다고 했데."

"잘됐네~."

소연의 음성이 가볍게 흔들렸다.

그 돌아다니기 싫어하는 강유진이 줄리를 만나기 위해 미국까지 왔다고 생각하니 가슴이 아렸다.

"아빠는 언제 갔어?"

"나랑 같이 점심 먹고 갔어."

"좋았겠다. 맛있는 거 먹었어?"

"응, 오늘 점심은 진짜 맛있는 거 나왔는데. 엄마도 왔으면 좋았을 걸."

"후후, 엄마도 점심 때 맛있는 거 사 먹었어."

"근데 엄마, 우리 아빠 나이가 몇 살이야?"

"한국 아빠?"

"응."

"왜? 오랜만에 보니까 너무 늙어 보였어?"

"아니, 우리 선생님이랑 비슷해 보여서. 선생님도 나한테 물어봤다니까. 아빠 나이가 몇 살이냐고."

"에이~ 아무렴, 아빠는 엄마랑 동갑이야."

"히익! 정말? 그렇게 나이가 많아?"

"뭐어? 엄마가 그렇게 늙어 보여?"

소연이 짐짓 화난 표정으로 줄리를 쏘아보았다.

순간 줄리가 당황한 얼굴로 열심히 변명을 늘어놓았다.

"아니, 엄마, 그런 게 아니라…… 아빠가 진짜 너무 젊어서 그런 거야. 선생님이 아빠 모델이냐고 물어봤어. 아빠 모델이었어?"

"웬 모델? 네 아빠는 그냥 평범한 회사원이야."

소연은 줄리의 말을 이해할 수가 없었다. 조금 젊어 보인다는 것까지야 그렇다 쳐도, 모델은 또 무슨 소리란 말인가? 강유진은 총각 때도 모델 소리를 들을 만큼 잘생긴 사람이 아니었다. 하물며 삼십 대 후반으로 접어든 마당에야!

"그래? 이상하네. 참! 아빠가 우리 학교에 '강하연 도서관' 지어 준댔다!"

"뭐? 우리 줄리 좋겠네~ 후훗!"

소연은 철없는 아이의 말에 그냥 웃고 말았다.

"나 줄리 아니야. 강하연이야."

"응? 언제부터?"

"아까 아빠가 '강하연' 하고 부르는데 눈물이 핑 돌았어. 줄리보다 강하연이 듣기 더 좋아. 이제 강하연이라고 할 거야. 친구들한테도 다 말했어."

"그래? 엄마는 줄리가 더 좋은데? 예쁘잖아, 듣기도 좋고."

소연은 왠지 마음이 불편했다. 겨우 미국식 생활에 익숙해지니까 다시 한국식으로 돌아가겠다니? 한국이 뭐가 좋다고?

"나는 강하연이 더 좋아."

"그냥 줄리로 해. 이름 자꾸 바꾸면 복잡하고 좋지 않아."

"싫어. 그리고 바꾸는 게 아니야, 원래 이름이 강하연이었잖아."

딸의 쓸데없는 고집에 소연은 가슴에서 뭔가 치밀어 오르는 것을 느꼈다. 딸은 자꾸만 자신이 떨쳐 버린 과거로 돌아가려고 하는 것 같았다.

"그래, 네 마음대로 해! 나중에 또 바꾼다고 하면 혼날 줄 알아! 알았어?"

"……."

소연이 홧김에 윽박지르자 하연이가 찔끔 놀라 입을 다물었다.

두 사람은 말없이 걷기만 했다.

하연은 뒷좌석의 안전벨트를 매고 난 뒤에야 엄마의 눈치를 살폈다.

"엄마 화났어?"

조심스러운 딸의 음성에 소연이 고개를 저었다.

"아니, 그냥 조금 속이 답답해서 그래. 점심을 잘못 먹었나봐. 오랜만에 아빠 만나니까 좋아?"

"응, 친구들이 다 부러워했어. 다들 아빠가 영화배우보다 더 멋있데."

"그래? 네 아빠가 너 만나려고 무리를 좀 했나보네."

"무리가 뭐야?"

하연의 질문에 소연이 피식 웃었다.

미국에 온지 4년, 벌써부터 딸은 어려운 한국어는 잘 알아듣지 못했다.

"그건 overtax와 같은 말이야. 자기가 할 수 없는 걸 힘들게 하고 있다는 뜻이지."

"아, overtax! 그거 hard 한 거 맞지?"

"그래, 네 아빠가 너한테 잘 보이려고 노력한 거야."

"아빤 웃기만 하고, 일은 비서가 다 해 주던데?"

"비서도 있었어?"

"응."

"……한국에서 성공했나 보네. 아빠가 뭐래?"

비서가 있다는 말에 소연은 조금 관심을 보였다. 경제적인 어려움을 겪고 있는 터라 지푸라기라도 잡고 싶은 심정이었던 것이다.

"뭘?"

"……학교 얘기 안 했어?"

"아! 아빠가 급식비랑 수업료 다 냈데. 대학 졸업할 때까지 학비 걱정은 하지 말랬어."

"……다행이네."

소연의 얼굴에 씁쓸한 미소가 떠올랐다.

딸에게서 완전히 잊고 있던 강유진의 소식을 들으니 기분이 이상했다. 사촌이 땅을 사서 배가 아픈 그런 것과는 다르게 뭐랄까…… 소중한 걸 잃어버린, 공허한 느낌이었다.

운전을 해서 집으로 돌아가는 내내 소연은 멍했다.

웃음을 되찾은 딸의 쾌활한 음성이 차 안에 가득하다. 그럴수록 이상하게 소연의 마음은 납덩어리처럼 무겁기만 했다.
소연이 집에 도착한 시간은 3시 30분이다.
차에서 내리던 소연은 몸의 균형을 잃고 잠깐 휘청거렸다. 겨우 20분 동안의 운전으로 심신이 완전히 지쳐 버린 것이다.
그런 엄마의 마음도 모른 채 하연은 나비처럼 팔랑거리며 마당을 뛰어다녔다.
소연은 정문 옆에 서 있는 하얀 우편함을 애써 외면하며 무거운 발걸음을 떼었다. 아이가 꽃을 쫓는 나비라면 어른은 그 꽃이 누구의 소유인지를 생각하는 법이다.

*　　*　　*

갑자기 집을 나간 뒤로 사흘 동안 스캇은 연락이 없었다. 그 사흘 동안 소연은 타임머신을 타고 과거로 돌아간 것 같았다. 딸과 함께 지내다 보니 대화의 소재는 주로 한국에서의 생활이었다. 마치 얼마 전에 미국으로 온 것처럼 딸은 스스럼없이 '아빠가 그때……' 라는 식으로 옛일을 추억했다.
소연은 그런 딸의 행동을 굳이 고치려고 하지 않았다. 스캇이 있었다면 모를까, 스캇도 없는 지금 딸의 기분 좋은 시간을 방해하고 싶지 않아서였다.
딸과의 대화가 많아지다 보니, 잊고 있던 강유진과의 생활도 하나씩 떠올랐다. 지겨운 줄만 알았는데 지금 생각해 보니 평온한 일상이었다. 지금은 꿈에서나 가능한 그런 평온함 말이다.

"엄마, 이거 봐라~ 아빠가 아무 때나 전화해도 된다고 했어. 이거 진짜 좋은 거야."

하연이 아빠가 사준 최신형 스마트폰을 흔들며 재잘거렸다.

"그래? 하연이는 좋겠네."

"엄마도 전화해 볼래?"

"아니, 아빠는 하연이 아빠지 엄마의 아빠가 아니거든."

"그래?"

다행히 하연이는 그게 무슨 소리냐고 묻지 않았다. 어리지만 스캇과 함께 사는 엄마의 입장을 나름 이해하고 있는 것이다.

하연이 소파에 파묻혀 스마트폰으로 게임을 다운로드 받고 있을 때다.

철컥.

열쇠 돌아가는 소리와 함께 스캇이 현관으로 들어왔다.

라스베이거스에서 사흘이나 도박을 벌인 사람 같지 않게 깔끔한 모습이다.

딸의 곁에서 TV를 시청하고 있던 소연이 불쾌한 기분을 꾹 누르며 아무렇지도 않은 얼굴로 물었다.

"스캇, 사흘 동안이나 연락도 없이 무슨 일 있었어?"

"친구들과 사업 구상을 좀 하느라고. 그런데 좋은 일이 있었나 봐?"

"하연이에게 좋은 일이 좀 있었어."

"누구? 하연? 아, 줄리 말이군."

스캇이 의아한 눈으로 소연을 힐끔 바라보았다.

자신에게 딸의 이름을 지어 달라고 부탁한 것은 그녀였다. 줄리라는 이름을 만들어 준 뒤로는 단 한 번도 한국식 이름을 들어 본 적이 없다. 그런데 집을 비운 사흘 만에 한국식 이름을 스스럼없이 사용하고 있었다. 대체 두 여자에게 무슨 일이 있었기에?

"줄리에게 좋은 일이 뭔데?"

"친아빠가 학교로 찾아왔나 봐."

"아, 그 얼간이(jerk)?"

순간 스마트폰을 만지작거리고 있던 하연이 화를 냈다.

"우리 아빠 얼간이 아니야!"

"와우~ 줄리, 그 스마트폰 아빠가 사준거야?"

"그래, 그리고 내 이름은 강하연이야."

스캇은 왠지 자신이 따돌림을 받고 있다는 느낌이 들었다. 두 모녀를 알게 된 이후로 이런 기분은 처음이었다. 고작 사흘 만에 집안의 중심에서 변두리로 밀려난 것 같았다.

"헤이, 허니. 스마트폰 하나에 나와의 의리를 저버리는 거야?"

"그러니까 우리 아빠 욕하지 마."

"알았어, 알았어. 설마 한국의 아빠에게 가고 싶다거나 그런 건 아니겠지?"

"난, 엄마랑 살 거야."

"허니, 그럼 나는?"

스캇이 하연의 허리를 끌어안으며 짓궂게 물었다.

"스캇도 엄마랑 살고 있잖아."

하연이 스캇의 손을 떨치기 위해 몸을 비틀었다.

하지만 스캇의 크고 흰 손은 몸에 달라붙어 떨어지지 않았다.

이전 같으면 웃으며 넘겼을 테지만 오늘은 왠지 불쾌했다. 세상에서 제일 멋있는 아빠를 얼간이라고 불러서 그런 건지도 모른다.

하연은 스캇의 팔을 뿌리치며 자리에서 일어섰다.

하연이 적극적으로 피하자 결국 스캇도 손에서 힘을 빼야 했다.

'제길, 결국 남이라는 건가.'

스캇은 떨떠름한 표정으로 손을 털었다.

그러는 동안 하연은 자기 방으로 쪼르르 달려가 버렸다.

"당신 오늘 왜 그래? 말없이 외박을 하고도 미안하다는 말도 없고, 싫다는 애나 괴롭히고."

"오우, 외박은 정말 미안해. 사업 구상이 갑자기 떠올라서 그랬어. 옛날에 함께 일하던 친구들을 급하게 만나야 했거든."

갑자기 떠올랐다는 말은 어느 정도 사실이었다. 합법적인 사업이 아니라는 게 문제지만 말이다.

소연은 스캇의 외박을 더 따지지 않았다.

한국에서 -그것도 비서를 데리고 다닐 정도로 성공한- 강유진이 미국에 왔다는 것을 알고 난 뒤로 왠지 모든 게 시들했다. 설명하기 어려운 허전함에 다른 감정은 자리를 잡을 틈이 없었다.

"줄리의 기분이 좋아 보이던데, 학교 일도 잘 해결된 거야?"

"애 아빠가 밀린 학비와 급식비를 전부 내줬데. 앞으로도 학비는 자기가 맡겠다고 했나 봐."

"당신은 그 얼간이를 안 만났어?"

"교장과 담임만 만나고 갔다나 봐. 애 아빠가 나랑 만나고 싶겠어?"

소연이 고개를 설레설레 저었다. 강유진을 다시 만난다는 생각은 하지 않았다. 그에게 너무 큰 상처를 줬기 때문이다.

"그런가? 하아! 난 이만 가서 쉬어야겠어. 계속 운전을 했더니 눈이 아파."

"저녁은 안 먹어?"

"먹고 왔어."

…….

소연은 TV로 시선을 돌렸다.

잠시 후 스캇이 방으로 들어가는지 '덜컥' 하고 문 닫는 소리가 들렸다.

그제야 뭔가 생각난 듯 소연이 중얼거렸다.

"참, 내 데빗카드…… 그걸 왜 가져간 거야…… 돈도 별로 없는데……."

더 이상 TV도 눈에 들어오지 않았다.

소연은 TV를 끄고 소파에 길게 누었다.

이상했다. 길거리에 나앉게 된 상황인데도 철없는 스캇의 행동에 화가 나지 않았다. 월세에 보태려고 모아 두었던 천 달러 조금 넘는 돈이 모조리 인출되었지만 남의 일처럼 담담했다. 스캇이 그 돈으로 무슨 짓을 하고 다녔는지 알고 싶지도 않았다.

그냥 나른하기만 했다.

마치 물속으로 천천히 가라앉는 것 같았다.

스캇이 돌아온 날, 소연은 소파에서 잠이 들었다.

* * *

LA 중심의 최고급 호텔로 알려진 베벌리 윌셔 마운틴 호텔(Beverly Wilshire Mountain Hotel) 3층 라운지. 하루 숙박비가 590달러가 넘어갈 정도의 고급 호텔답게 라운지는 고가의 장식물로 치장되어 눈이 부셨다.

정오 무렵, 호텔의 분위기에 잘 어울리는 미모의 여자가 들어

왔다.

무료한 얼굴로 카운터를 지키고 있던 매니저가 슬그머니 자리에서 일어섰다. 여자에게 라운지를 안내해야겠다고 생각한 것이다.

여자는 누굴 찾는지 주변을 가볍게 둘러보았다.

곧이어 라운지 내부를 살피던 여자의 얼굴에 보기 좋은 미소가 번졌다. 전망 좋은 창가에 앉아 있는 남자를 발견한 것이다.

여자가 거침없이 창가로 걸어가자, 매니저의 입에서 가벼운 탄식이 흘러나왔다.

김미연은 강유진의 맞은편에, 마치 맞선이라도 보러 나온 아가씨처럼 다소곳이 앉았다.

"강 선생님, 어디 가고 싶은데 없으세요?"

"네, 제가 원래 돌아다니는 걸 좋아하지 않아서요."

"그래도 모처럼 LA에 왔는데……."

"하하, 저는 이곳에 있을 테니까 관광하고 오세요."

"피이~ 저 혼자 나가서 뭘 하라고요? 강 선생님이 같이 가면 모를까."

김미연이 슬쩍 강유진의 눈치를 살폈다.

하지만 의외로 그런 쪽으로는 둔한 강유진이다.

강유진은 마치 후배에게 인생의 가르침이라도 내리듯, 담담한 어조로 말했다.
"여행은 원래 혼자 하는 게 맛이랍니다."
"……."
김미연의 얼굴이 가볍게 일그러졌다.
청춘 남녀의 대화에 어울리지 않는 무미건조함이다. 그렇지 않아도 건조한 캘리포니아에서 저렇게 푸석푸석한 말을 하다니!
"에이, 우리 나이에 혼자 다니면 청승맞아 보인다고요."
"그래도 어쩔 수 없습니다. 오늘 명석이와 만나기로 해서요."
"……."
최명석이 합류하기로 한 건 김미연도 알고 있었다. 당연히 최명석과 만나고 난 뒤에 LA에서 뭘 할지 생각해 보자는 뜻에서 한 말이다. 강유진이 동의한다면 근처의 '스튜디오 시티(Studio City)'라도 가보고 싶었다. 하지만 강유진의 권태로운 표정을 보니 씨도 안 먹힐 소리다.
'정말 움직이는 거 싫어하시네.'
결국 김미연은 들고 다니던 작은 백에서 책을 꺼내 들었다. 강유진이 돌아다니려고 하지 않으니 독서로 방향을 전환한 것이다.
책을 펼치던 김미연이 문득 생각났다는 듯 말했다.
"참, 들으셨어요? 그 주택을 따님의 이름으로 구입했다고 하더라고요."
"네."

"큰일이 일어나기 전에 손을 쓸 수 있어서 다행이에요. 그러고 보면 어느 특정한 때라는 것이 있긴 있나 봐요?"

"때요?"

"공부 할 때, 놀 때, 만날 때, 헤어질 때, 아플 때, 버릴 때, 버림받을 때, 도울 때, 도움 받을 때, 죽을 때…… 뭐 그런 거요."

"아!"

강유진이 고개를 끄덕였다.

"성경에도 이런 말이 있잖아요. 모든 목적이 이룰 때가 있다. 날 때가 있고 죽을 때가 있으며, 심을 때가 있고 심은 것을 뽑을 때가 있다. 죽일 때가 있고 살릴 때가 있으며, 울 때가 있고 웃을 때가 있다. 슬퍼할 때가 있고 춤출 때가 있으며, 찾을 때가 있고 잃을 때가 있다. 사랑할 때가 있고 미워할 때가 있으며, 전쟁할 때가 있고 평화할 때가 있다."

"하하, 교회에 열심히 다니셨나 봐요?"

"아뇨. 학생시절에 길거리에서 전도카드를 받은 적이 있었는데…… 거기에 인쇄되어 있던 글귀에요. 그 구절이 마음에 들어서 책상에 붙여 놓았었죠. 그래서 정확히는 기억을 못 하고 대충……."

"그러셨군요."

"강 선생님이 문 박사님을 도우러 오지 않았다면, 이런 일이 있는 줄도 모르고 살 뻔했잖아요. 그러니 때라는 것이 참 오묘하다는 생각이 드네요."

"과연 그렇군요."

"이제 강 선생님에게는 어떤 때가 찾아온 걸까요?"

"글쎄요."

김미연이 배시시 웃었다.

"다른 건 모르겠는데 하나는 확실한 것 같아요."

"뭐죠?"

"지금이 강 선생님의 때라는 거요."

"때, 때, 하니까 왠지 몸이 가렵지 않으세요?"

"어머! 썰렁한 농담이에요!"

노닥거리며 열심히 시간을 죽이고 있는 두 사람에게로 누군가 다가왔다. 이틀 전에 입국해서 여기저기 쑤시고 다니던 최명석이었다.

"어서 오세요. 오랜만이네요."

김미연의 인사에 최명석이 고개를 꾸벅 숙였다.

"네, 반갑습니다."

"명석아, 잘 왔다. 뭐 먹으러 갈래? 아니면 마실래?"

최명석이 손목시계의 시간을 확인했다.

12시 40분.

점심을 먹기에 적당한 시간이기는 하다. 하지만 지금은 먹는 것보다 더 중요한 문제가 있다.

"아닙니다. 형님, 일단 드릴 말이 있습니다. 식사는 그 이후에 해야 할 것 같네요."

"그렇게 중요해?"

"네. 형님이 꼭 들어야 하는 이야깁니다."

"함께 들어도 되는 거죠?"

김미연이 기도손을 해 보였다. 같이 듣게 해 달라는 무언(無言)의 호소다.

최명석이 고개를 끄덕였다.

순간 강유진의 표정이 살짝 굳었다. 김미연까지 끌어들이는 걸 보면 사건이라고 할 만한 일이 일어나고 있다는 뜻이었다.

"말해 봐."

"네, 사실 제가 미국에 오게 된 건요……."

최명석은 자신이 왜 투입되었는지에 대한 설명부터 시작했다. 그리고 스캇이 라스베이거스에서 돈을 흥청망청 썼으며, 그 돈의 출처가 핀헤드라는 것까지 쉬지 않고 단숨에 말했다.

김미연이 놀란 눈으로 중얼거렸다.

"아니, 월세도 못 내서 주인이 법원에 퇴거요청까지 보냈는데…… 사흘 동안 도박을 했다고요?"

"제가 스캇을 늦게 찾아서 거래 현장은 확인하지 못했습니다. 하지만 CrazyXXX.com의 스카우터로 알려진 잭과 스캇이 같은 호텔에 머물렀습니다."

"심증은 가는데 물증이 없는 셈이군요."

"그렇습니다. 스캇이란 놈은 보통이 아니에요. 증거 불충분으로 빠져나간 전력이 있다니까요."

"돈을 받았으면 누군가 팔렸거나, 팔릴 거라는 말이잖아요?"

"바로 그겁니다!"

"형님, 이제 어떻게 할까요?"

최명석이 강유진에게 고개를 돌렸다.

잠시 고민하던 강유진이 되물었다.

"김소연 씨가…… 스캇에 대해 알고 있다고 생각하니?"

"아마 모를 거예요. 김소연 씨와 만날 무렵에는 평범하게 회사를 다녔으니까요."

"제 생각에는요, 강 선생님이 김소연 씨를 직접 만나 보는 게 좋을 것 같아요."

김미연의 말에 최명석이 고개를 끄덕였다.

"저도 그게 좋을 것 같습니다. 하연이를 위해서라도 김소연 씨가 스캇에 대해 알아야 한다고 생각합니다."

"스캇의 도박 자금이 어디서 나온 건지부터 확인하는 게 순서가 아닐까?"

"왜요?"

"스캇이 사용한 지금의 출처가 분명하다면…… 모른 척하는 게

도리가 아닌가 싶어서. 괜히 남의 가정에 분란을 일으켜서는 안 되잖아."

"형님 말씀에도 일리는 있는데요, 진심은 아니시죠?"

최명석이 은근한 눈으로 강유진을 바라보았다.

사랑하는 딸의 주변에 그런 성범죄자가 있다는 것을 강유진이 그냥 넘길 리가 없지 않은가!

"어, 그게 보여?"

당연히 해 본 소리다. 자신은 단지 '전처를 만나라'는 주변의 강력한 권유를 듣고 싶었을 뿐이다. 그만큼 전처를 만난다는 것에 대한 부담이 컸던 것이다.

김미연이 쐐기를 박았다.

"강 선생님, 자식을 키우는 여자라면 반드시 알아야 해요. 강 선생님 입장에서는 증거도 없이 전처의 새 남자에 대해 험담을 하는 것 같아서 껄끄러우시겠지만…… 그래도 어쩌겠어요? 하연이를 위해서라도 꼭 하셔야 해요. 설사 도박 자금의 출처가 정당하다 해도 말씀하셔야 해요!"

"역시 그게 순리겠죠?"

강유진은 더 이상 말을 돌리지 않았다. 자신의 말에 소연이 어떻게 할지 궁금했지만, 그건 전적으로 그녀의 몫이었다.

김미연이 고개를 끄덕였다.

"이제는 귀국 전까지 최대한 스캇의 범죄에 대한 증거를 수집

하면 되겠네요."

"개인적인 일인데 도와주시니 감사합니다. 명석아, 너도 고맙다."

"에이, 뭘요."

"어머, 우리가 남인가요? 게다가 범죄를 보고도 모른 척할 수는 없다고요. 그렇지 않아요? 명석 씨?"

"맞습니다. 그리고 형님도 나중에 우리에게 일이 생기면 도와주실 거잖아요?"

강유진은 피식 웃고 말았다.

"그래, 이 원수는 꼭 갚으마. 말이 나온 김에 명석아, 나는 김소연 씨를 만나 볼 테니까…… 그동안 너는 스캇을 좀 더 따라다녀 봐라. 아무래도 느낌이 좋지 않아서."

"네, 저도 그놈이 한 건 할 것 같다는 생각이 들어요. 그런 놈이 갑자기 도박장에서 돈을 펑펑 썼다면 뻔하잖아요."

"그럼 저도 좀 준비를 해 둘게요. 만일의 일이 벌어질 때를 대비해서요."

이때만 해도 강유진은 김미연과 최명석이 자신에게 얼마나 큰 도움이 될지 미처 알지 못했다.

*　*　*

강유진은 하연이 학교에 있는 동안 김소연을 만나보기로 했다.

몇 번의 망설임 끝에 –김미연이 학교를 통해 알아낸– 김소연의 휴대전화로 전화를 했다. 하지만 공교롭게 김소연은 전화를 받지 않았다. 몇 번을 더 시도하던 강유진은 오후 2시가 넘어가자 김소연이 일하는 네일 앤 헤어를 직접 찾아가 보기로 했다.

네일 앤 헤어의 앞에 마이바흐가 정차했다.

미용실 안에서 머리를 말고 있던 여자들의 눈이 휘둥그렇게 떠졌다.

"사장님, 가게에 큰 손님이 오려나 봐요."

중년 여자의 호들갑에 소파에서 잡지를 들척이고 있던 네일 앤 헤어의 사장이 고개를 들어 올렸다.

"저거 봐, 미국에도 몇 대 안 된다는 마이바흐 란돌레잖아요. 나 미국에 구 년 살면서 처음 보는 것 같아."

중년여자의 말에 사장도 은근히 기대어린 표정으로 창문 밖을 내다보았다. 드물지만 재벌가의 여자들이 손톱을 다듬기 위해 올 때도 있다. 그날 운 좋게 손톱 손질이 상대의 마음에 들기라도 하면 곧장 단골로 이어진다. 돈도 돈이지만 미국에서 한 사람의 부자를 알고 지낸다는 것은 큰 자산이었다.

하지만 이내 사장은 잡지로 다시 시선을 떨구었다. 차에서 내린 사람이 젊은 남자인 까닭이다. 젊은 남자가 손톱 손질을 겸하고 있는 미장원에 올 리가 없다고 생각한 것이다.

머리를 말고 있던 중년 여자 두 명은 여전히 남자를 바라보았다. 젊은 나이에 저런 차를 가지고 다닐 수 있다는 게 신기했던 것이다.

"어머, 이리 온다."

여자들의 숨넘어가는 소리에 사장은 다시 고개를 들었다.

이십 대 중후반으로 보이는 남자가 가게 문을 열고 안으로 들어왔다. 신기하게도 남자의 얼굴에서 빛이 나는 것 같았다. 그 정도로 남자는 비범했다. 사람을 많이 상대해 본 여사장의 눈에는 검게 빛나는 마이바흐보다 남자가 더 특별해 보였다.

사십 대의 여사장은 저도 모르게 일어나서 남자의 앞으로 다가갔다.

"안녕하세요? 무슨 일로 오셨어요?"

"사람을 좀 만나러 왔습니다."

"사람요?"

사장이 가게 안을 둘러보았다.

머리를 말고 멍한 얼굴로 바라보고 있는 중년의 여자가 두 명, 그리고 구석에서 손톱 손질을 받고 있는 아가씨가 한 명이다.

마침 아가씨와 남자의 시선이 마주쳤지만, 남자는 다른 곳으로 고개를 돌렸다.

"누굴?"

남자, 강유진이 등을 돌리고 앉아 열심히 손톱을 손질하고 있는 여자를 가리켜 보였다.

"저분이 김소연 씨, 맞죠?"

사장이 놀란 눈으로 김소연의 뒤통수를 바라보았다.

김소연은 자신의 이름이 불린지도 모르고 손톱에 집중하고 있었다. 아니 지금 김소연은 외부의 일에 관심을 둘 만한 상태가 아니었다. 길거리로 나앉게 된 상황에서 갑자기 등장한 강유진과 계속된 스캇의 무책임함이 그녀를 공황 상태로 이끌고 있었던 것이다.

보다 못한 사장이 김소연에게 다가가 어깨를 툭 건드렸다.

"네?"

"손님이 찾아왔어요."

"손님요?"

김소연이 무심코 고개를 돌렸다.

"헉!"

김소연의 손에서 우드파일(wood file: 인조손톱을 갈거나 손톱의 모양을 만들 때 사용하는 도구)이 흘러내렸다.

급하게 자리에서 일어나는 김소연의 얼굴이 새빨갛게 달아올랐다.

강유진이다.

평범한 회사원 강유진이 눈부시게 변한 모습으로 다시 찾아온 것이다. 그런데 자신은 남의 손톱이나 다듬고 있다.

사장이 김소연을 슬쩍 밀어냈다.

"여긴 내가 마무리 해 줄게. 손님부터 만나 봐."

물론 보통 때 같으면 이렇게 배려해 줄 사장이 아니었다. 오히려 손톱 손질이나 끝내고 만나라고 했을 것이다. 그러나 사장은 강유진의 비범함에 기가 질려 있는 상태였다.

머뭇거리던 김소연이 강유진의 앞으로 다가갔다.

"……여긴 어떻게 알고 왔어?"

"학교에서 가르쳐 주더라고. 잠깐 나갈까?"

가게 안에 있던 사람들이 호기심 어린 표정으로 김소연과 강유진을 힐끔거렸다.

김소연은 고개를 끄덕였다.

"잠깐만, 옷 좀 가지고……."

김소연이 작은 칸막이를 가리켜 보였다. 그곳에 겉옷과 휴대전화가 있었던 것이다.

"그래, 먼저 나가 있을게."

강유진이 사장을 향해 가볍게 목례를 해 보였다.

"감사합니다. 오래 걸리지 않을 겁니다."

"아, 네. 괜찮아요."

사장이 얼떨결에 자리에서 일어나 고개를 숙였다.

강유진이 담담한 미소로 다시 인사를 한 후 밖으로 나갔다.

사장이 유리로 된 칸막이 안에서 옷을 들고 나오는 김소연에게 물었다.

"저 남자 분, 누구야?"

"……전남편이요."

"뭐? 한국에 있다는…… 줄리 아빠?"

"네……."

"……."

사장이 믿어지지 않는다는 눈으로 김소연과 창밖의 강유진을 번갈아 바라보았다.

미국에서 한인 사회는 좁다. 사장도 소연이 한국에 있는 남편을 버리고 미국 남자와 재혼한 사연을 알고 있다. 기러기 가정이 해체되는 게 일상다반사였으니 놀랄 것도 없다. 물론 한때는 김소연을 욕한 적도 있다. 하지만 몸이 멀어지면 마음도 멀어지기 마련이라는 생각에 이제는 그저 사연 많은 여자의 과거쯤으로 생각하고 있었다.

'미친년!'

사장은 큰소리로 욕을 할 뻔했다.

저런 남자를 한국에 두고 왔다는 사실이 믿어지지 않았다. 심지어, 저런 남자를 버렸다는 사실에 소름이 돋았다. 여자의 어리석음이란!

제5화

나는 아빠다

김소연은 강유진을 차마 바로 보지 못했다.

강유진이 멀리 보이는 공원 표지판을 가리켜 보였다.

"잠깐 걸을까?"

"어……."

무려 사 년 만의 재회였다.

강유진과 김소연은 말없이 공원까지 걸었다.

강유진은 사람이 없는 그늘로 찾아갔다.

"잘 지냈지?"

강유진의 물음에 김소연이 씁쓰름한 미소로 고개를 끄덕였다.

"당신은 전보다 좋아 보이네. 나와 하연이가 없으니까 살 만한가 봐?"

"남는 게 시간이잖아. 운동 좀 했어."

"진즉에 좀 하지 그랬어. 지금은 총각 때보다 더 좋아 보여."

"그래? 다행이네."

…….

강유진은 잠시 김소연을 바라보았다.

분노보다는 안 됐다는 생각이 들었다. 조금 전 가게에 쪼그리고 앉아 있는 뒷모습을 보았을 때는 가슴이 좀 먹먹했었다.

"그렇게 불쌍하다는 눈으로 보지 마. 사람 사는 게 다 이런 거 아냐? 담배 하나 피워도 돼?"

"담배도 피워?"

"어쩌다 보니 작년에 배웠어."

말과 함께 김소연이 담배를 꺼내 불을 붙였다.

"하연이 생각해서라도 끊어. 간접흡연이 몸에 더 안 좋다고 하더라."

"후후, 당신은 안 피워?"

"응. 난 입맛에 안 맞더라고."

"그래? 미안하네. 끊을게."

김소연이 담뱃불을 땅에 비벼 껐다.

"참, 하연이에게 들었어. 학비 고마워."

"내 딸인데 뭐가 고맙냐. 당연히 해 줘야지."

"그래, 당신 딸이기도 하지. 후후……."

잠시 손톱으로 담배를 짓이기던 김소연이 물었다.

"그런데…… 어쩐 일이야?"

"한국으로 돌아가기 전에 당신에게 알려 줄 게 있어서 찾아왔어."

"뭔데? 한국에는 언제 가?"

"……돌아오는 월요일에는 출국해야 돼."

"하연이가 섭섭해하겠네. 요즘 당신 얘기만 하던데."

"그래, 어른이 되기 전까지는 계속 섭섭해하겠지……."

강유진의 입에서 저도 모르게 한숨이 흘러나왔다. 부모의 선택으로 고통받고 있는 딸을 생각하면 마음이 편치 않았다.

"알려 준다는 건 뭐야?"

"기분 나쁘게 생각하지 말고 들어 줘."

"뭔데? 요즘은 더 나빠질 기분도 없어. 걱정하지 말고 말해."

자조적인 말에 강유진의 마음이 더 무거워졌다. 그렇다고 덮고 갈 수도 없는 문제다.

"스캇에 관한 거야."

"스캇? 그이가 왜? 혹시 돈이라도 빌려 달라고 찾아갔어?"

"아니, 그런 건 아니야."

"그럼?"

김소연이 고개를 갸웃거렸다.

스캇과 관계된 기분 나쁠 일이란 그런 정도밖에 없을 텐데?

"혹시 스캇이 무슨 일 하던 사람인지는 알아?"

"응, ELS 강사도 했고, 통신기기 부품 판매 업체에서도 일했지."

"그거 말고는?"

"뭔데? 다른 직업이 있었어?"

"당신과 만날 무렵 스캇이 일하던 회사가 있어. 코스모(cosmo)라고……."

"아! 그게 스캇이 다니던 통신기기 부품 판매 업체였어."

"거기의 사장이 핀헤드라는 사람의 사촌동생이야."

"……."

김소연이 의아한 눈으로 강유진을 바라보았다.

그게 어쨌다고?

하지만 계속된 강유진의 말에 김소연의 안색이 창백하게 변해갔다.

"핀헤드는 불법 아동 포르노물의 제작사로 악명이 높은 CrazyXXX.com의 실제 소유주야."

"그런데?"

"스캇은 2007년에 아동 포르노물의 제작과 유통에 관여한 혐의로 기소된 경력이 있어. 증거 불충분으로 풀려났지. 그 뒤로 핀헤드의 사촌이 경영하는 회사에서 일을 한 거야."

"……."

"당신이 그걸 알고 있어야 한다고 생각했어. 하연이를 위해서라도."

"설마, 당신은 스캇이 하연이에게 그런 짓을 할 거라고 생각한 거야? 스캇은 하연이의 양부(養父)라고. 더구나 무죄로 풀려났다면서?"

"스캇이 최근에 이상한 행동을 하지 않았어?"

"새로운 사업을 구상하느라고 사흘 동안 집에 안 들어온 일을 말하는 거야?"

"그 3일간 스캇은 라스베이거스에서 도박을 했어. 갑자기 어디서 돈이 생겼겠어?"

"그거라면…… 내 데빗카드를 빌려 줬었어."

소연은 자존심 때문에 빌려 줬다고 말했다. 지금은 그렇게 해야 한다고 생각했다. 강유진의 앞에서 스캇이 쓰레기 같다는 걸 인정할 수는 없었다.

하지만 현실은 냉정했다.

"당신의 계좌에 만 달러 이상이 들어 있었어?"

"……."

소연은 침묵했다. 당연히 그랬다면 월세가 밀렸을 리가 없다.

강유진은 혹시 월세가 밀린 걸 알고 있을까? 소연은 자신이 선택한 삶이 망가져 있다는 걸 알리고 싶지 않았다.

"최근에 그가 비밀거래를 했을 거야. 내가 아는 사람들에게 그

돈의 출처를 알아봐 달라고 부탁했어. 조만간 알게 될 거야."

담담한 강유진의 음성을 듣고 있자니 울컥 화가 났다. 자신이 저지른 잘못은 생각도 하지 않았다. 지금은 자신이 피해자라는 생각밖에 들지 않았던 것이다.

"……그래서? 나보고 어쩌라고? 스캇이 범죄자니까 헤어지라는 거야? 아니면, 그 말을 듣고 내가 괴로워하는 걸 보고 싶어?"

소연의 외침에 근처에서 아기들과 쉬고 있던 여자들이 힐끔거렸다.

"아니, 나는 단지 하연이를……."

"하연이, 하연이, 하지 마. 하연이는 스캇과 내가 잘 키웠어. 당신은 스캇이 하연이에게 얼마나 잘해 주는지 모르잖아!"

"……."

강유진은 소연의 흥분이 가라앉기를 기다렸다. 한편으로는 범죄자들도 집에서는 잘한다는 속설을 믿고 싶었다. 소연이 저렇게까지 스캇의 편을 드는 걸 보면 그도 집에서 잘하는 것 같았다. 소연이 격한 반응을 하니 괜한 이야기를 했나 하는 자책도 들었다.

"기분 나쁘게 하려던 건 아니야. 그냥, 당신이 알고 있는 게 좋겠다고 생각했어. 스캇이 당신과 하연이에게 잘한다니 다행이야. 스캇의 문제에 대해서는 더 이상 뭐라고 하지 않을게."

"그래 줘. 당신이 하연이 학비를 내줬다고 해서 스캇의 자리까지 대신해 줄 수는 없어. 하연이와 나는 미국에서 스캇과 살고 있으니까 말이야.”

분위기가 어색해졌다.

강유진은 그만 일어나야겠다고 생각했다. 이런 어색함을 누르며 소연과 이야기를 할 만한 이유가 없었기 때문이다.

“3시에 학교로 하연이 데리러 가는 거지? 벌써 2시 30분이네. 어서 가 봐야겠다.”

“아니, 오늘은 예약 손님이 있어서 스캇에게 부탁했어.”

“그래? 그럼…….”

강유진이 말끝을 흐렸다. 그러고 보니 전처와는 작별 인사마저도 어색한 사이였다.

“먼저 가, 나는 담배 한 대만 피고 갈게.”

소연이 다시 담배를 꺼내 물었다.

강유진은 그런 소연을 향해 손을 흔들어 보이고 돌아섰다.

몇 걸음 걷던 강유진이 뒤늦게 생각났다는 듯 돌아섰다.

“참. 당신이 살고 있는 집 하연이 이름으로 구입해 뒀어. 그러니까…… 하연이 잘 부탁해.”

“…….”

소연은 갑자기 목이 매여서 아무 말도 하지 못했다.

바보 같은 사람.

이기적인 모녀에게 그런 상처를 입고도 끝까지 다정하다.

소연은 돌아서 가는 강유진의 뒷모습을 향해 손을 뻗었다. 닿지 않았다. 저렇게 가까이 있는데, 손이 닿지를 않는다.

갑자기 눈물이 후두둑 떨어졌다.

소연은 담배에 불붙일 생각도 하지 못하고 고개를 떨궜다.

눈물은 잔디에 스며들어 흔적도 없이 사라졌다.

흔적을 남기지 않아 다행이다.

* * *

공원에서 넋을 잃고 앉아 있던 소연은 3시쯤 되자 가게로 돌아갔다.

가게로 들어가자마자 사장이 짜증을 냈다.

"소연아, 왜 이렇게 늦었어? 3시에 예약한 사람이 30분 일찍 와서 기다리다가 갔잖아."

"그래요? 3시에 온다고 하고 왜 일찍 왔데……."

소연이 겉옷을 벗으며 중얼거렸다. 그건 일찍 와서 기다린 사람의 잘못이지 자신의 잘못은 아니다.

"내가 전화를 몇 번 했는데, 전화 안 받고 뭐했어? 전남편 만나러 가면서 전화는 꺼 놓은 거야? 그러려면 전화기는 왜 들고 나갔니?"

"아니, 언니. 전화는 언니가 일하는 동안 꺼 두라고 해서……

그 때부터 항상 꺼."

"내가 언제?"

"지난주에 스캇이 자꾸 전화하니까 언니가 꺼 두라고 했잖아."

"얘는, 그래서…… 오늘도 끄고 있었던 거야?"

"응."

"어휴! 너는 무슨 애 키우는 사람이 급한 전화 오면 어떻게 하려고 꺼? 큰일 나려고. 얼른 켜. 누가 들으면 내가 악덕 사장인 줄 알겠다."

"알았어."

소연은 휴대전화의 전원을 켰다.

전화기가 켜지자마자 알림음이 들렸다. 그동안 누군가 전화를 했던 모양이다.

소연은 고개를 갸웃거리며 확인 버튼을 눌렀다.

오전 10시에 스캇이 전화를 한 기록이 보였다.

그리고 1시에서 2시 사이에 모르는 번호가 세 번이나 찍혀 있었다. 보나마나 강유진의 전화일 것이다.

소연이 피식 웃음을 흘렸다.

그때 새로운 문자 메시지가 있다는 표시가 눈에 들어왔다.

'뭐지?'

무심코 확인 버튼을 누르자 스캇이 보낸 문자가 보였다.

[전화 안 받아? 사업상 급한 일로 학교에 마중을 못 가게 됐어. 줄리에게는 당신이 가야 할 것 같아. 사장에게 잘 말하고 마중 나가.]

[왜 응답이 없어? 나 진짜 나가 봐야 해. 아는 사람에게 부탁이라도 해. 그럼 나 일보러 간다.]

깜짝 놀란 소연은 황급히 시간을 확인했다. 3시 5분이다.

소연은 스캇의 번호를 눌렀다.

하지만 신호는 가는데 스캇이 전화를 받지 않았다.

몇 번이나 스캇에게 전화를 걸던 소연은 급히 문으로 뛰어갔다.

"언니, 스캇이 하연이 마중을 못 가게 됐데. 늦었지만 내가 가 봐야 할 것 같아."

"어머, 그래? 빨리 가 봐. 많이 늦겠다 얘."

"응, 미안해."

"괜찮아. 운전이나 조심해. 늦었다고 너무 서두르지 말고!"

"알았어."

소연은 정신없이 주차장으로 뛰었다.

가게에서 학교까지는 차로 15분 거리다. 그런데 이미 5분이 지났으니, 평소보다 20분 정도 늦게 가는 셈이다. 가끔 시간을 잊거나 하면 그 정도 늦은 적도 있다. 미국의 아이들은 부모의 차가 아니면 타질 않는다. 당연히 소연은 학교 앞에서 자신이 오기를 기다리고 있을 것이었다.

학교 앞은 한산했다.

부모들의 차로 빼곡히 들어차 있던 정문 앞 도로변에는 한 대의 차도 보이지 않았다. 덕분에 소연은 정문 바로 앞에 주차를 할 수 있었다.

차에서 내린 소연은 정문 앞을 살폈다. 어딘가에서 기다리고 있을 하연을 찾고 있는 것이다. 하지만 하연은 보이지 않았다.

소연은 불안한 마음을 누르며 학교 건물로 들어갔다. 부모를 기다리는 아이들을 위해 학교 안에 대기실이 있었기 때문이다. 물론 지금까지 하연이가 대기실에 있었던 적은 없다. 하지만 소연은 대기실에 있기를 바라며 달려갔다.

"하연아!"

하지만 대기실에는 아무도 없었다.

소연은 학교 사무실로 들어가 남아있는 학생이 있는지를 물었다. 하지만 직원들은 하나같이 특별히 남아 있는 학생은 없다고 했다.

놀란 소연은 다시 하연의 교실로 뛰었다.

사무실에서 잡담을 하고 있던 경비 하나가 그런 소연의 뒤를 따라갔다. 소연의 표정이 너무 불안해 보여서 동행에 나선 것이다.

"하연아! 하연아!"

소연은 복도를 뛰어가며 연신 딸의 이름을 불렀다.

하지만 하연은 3학년 교실에 없었다.

결국 함께 갔던 경비가 무전기로 학교 근처의 경비들을 호출했다. 학교에 남아 있던 세 명의 경비들이 건물을 샅샅이 뒤지고 다녔다.

그래도 하연은 보이지 않았다.

이번에는 하연의 담임과 교장까지 행정실로 모였다.

하연의 담임은 하연과 친한 친구들의 집으로 일일이 확인 전화를 했다.

하지만 누구도 하연이 어디로 갔는지 알지 못했다.

소연은 떨리는 가슴을 누르고 다시 스캇에게 전화를 했다. 혹시라도 스캇이 하연을 데리고 갔을지도 모른다고 생각한 것이다.

다행히 이번에는 스캇이 전화를 받았다.

"허니, 미안해. 일 때문에 지금 산타 모니카로 가는 중이야. 줄리는 당신이 잘 데리고 있지?"

"뭐? 당신도 줄리를 데리고 있지 않아?"

"그래. 내가 전화도 하고, 문자도 남겼잖아. 일 때문에 내가 줄리를 데리러 갈 수 없게 됐다고 말이야. 왜? 줄리 못 만났어?"

"줄리가 없어. 학교에도 없고 친구들도 모른데. 아무리 급한 일이라고 해도 그렇지. 나와 직접 통화를 하고 움직여야 하는 거 아냐?"

"미안해, 요즘 내가 일거리를 찾아야겠다는 압박이 심해서 말야. 그런데 나를 이렇게 만든 건 당신이잖아. 줄리나 빨리 찾아봐. 아! 혹시 친아빠를 만나러 간 거 아냐?"

"무슨 소리야! 하연이가 나에게 말도 없이 그럴 애가 아니란 걸 알잖아!"

"그건 모르지. 요즘 줄리가 자기 아빠 얘기만 했잖아. 애들은 어디로 튈지 모른다고. 허니, 여기 일 마치자마자 돌아갈 테니까, 여기저기 연락해 봐."

"알았어! 끊어!"

신경질적으로 전화를 끊은 소연은 스캇의 말대로 하연이 강유진과 있을지도 모른다는 생각을 했다.

소연은 전화기에 찍혀 있는 번호를 눌렀다.

"여보세요?"

역시나 수화기로 강유진의 음성이 들려왔다.

소연은 숨이 가빠오자 몇 번이나 호흡을 가다듬었다. 그리고 애써 침착한 음성으로 말했다.

"나, 소연이야."

“어, 무슨 일이라도 있어?”

“혹시, 하연이…… 당신이 데리고 있어?”

“아니? 무슨 소리야? 하연이를 잃어버린 거야?”

순간 소연은 갑작스럽게 밀려오는 현기증에 눈을 감고 말았다.

“무슨 일이냐고!”

“오늘 스캇이 하연이를 데리러 가기로 했는데…… 일 때문에 급하게 다른데 가느라고 못 갔어. 그래서 내가 20분 정도 늦게 학교로 갔는데…… 하연이가 안 보여. 지금 학교에서 갈 만한 곳에 연락을 다 해 봤는데…… 아무도 몰라. 흑, 흑, 하연이…… 찾아야 하는데…… 어떻게 하지…….”

소연이 참고 있던 울음을 터뜨리고 말았다.

“내가 찾아볼게. 너무 걱정 하지 마.”

“흑, 흑, 그래, 부탁해. 미안해, 미안해…….”

“괜찮아, 네가 미안할 게 뭐있니. 경찰에 신고하고, 혹시 모르니까 집에 가서 기다려. 나도 여기저기 알아볼 테니까.”

“훌쩍, 훌쩍, 응, 그래야겠지? 하연이가 집으로 올지도 모르니까…….”

소연은 전화를 끊었다.

그동안 교장의 신고로 경관 두 사람이 학교로 달려왔다.

소연은 대충 눈물을 닦고 경관들에게 자초지종을 설명했다.

한참 뭔가를 메모하던 경관들은 마침 학교에서 보관 중이던 하연의 사진을 가지고 돌아갔다.

얼떨결에 학교에서 실종신고까지 마치고 집으로 돌아간 소연은 멍한 표정으로 소파에 앉았다.

어질어질한 게 아무런 생각도 나질 않았다. 심지어 여기가 한국인지 미국인지조차 헷갈릴 지경이었다. 옆에 사람이 없으니 혼란은 더욱 심해졌다.

그 와중에도 소연은 소파에 기대 앉아 전화기만 뚫어져라 바라보았다.

'미안해, 하연아. 엄마가 늦게 가서 미안해. 정말 미안해.'

머릿속으로 미안하다는 말만 뱅뱅 돌았다.

자신이 미국으로 오자고 해서 이런 일이 벌어진 것 같았다. 한편으로는 강유진을 버린 죄의 대가를 치르고 있는 것도 같았다.

미안해. 미안해.

*　　*　　*

스캇은 진짜 그의 낡은 2004년형 캠리(Camry)를 운전해 산타모니카로 가고 있었다. 다만 다른 점은 뒷좌석에 하연이 잠들어 있다는 점이었다. 차에 타자마자 스캇이 권하는 냉수를 마신 하연은 깊이 잠들어 있었다. 스캇이 수면제를 타 놓았던 것이다.

룸미러로 뒷좌석을 살피던 스캇이 중얼거렸다.

"제길, 이렇게 된 건 모두 네 엄마 때문이야. 네 엄마를 원망해."

멀리 산타 모니카의 표지판이 보였다.

스캇은 다시 룸미러로 줄리의 상태를 살폈다.

잠에 취한 줄리의 머리가 한쪽으로 돌아가 있다. 조금 심하게 기울어져 있지만, 아직 경찰이 문제 삼을 정도는 아니었다.

흥얼거리며 라디오를 켜려던 스캇이 고개를 돌렸다.

전화벨 소리가 났던 것이다.

한 손으로 전화기를 들춰 보니 모르는 번호였다.

잠깐 받을까 말까 고민하던 스캇은 통화 버튼을 눌렀다. 혹시라도 거래와 관계된 전화일지도 모른다고 생각한 것이다.

"여보세요?"

스캇은 일단 정중하게 인사를 했다.

"당신이…… 스캇인가?"

자신감이 없는 어눌한 영어다.

스캇은 단박에 상대가 동양인, 그것도 영어를 잘하지 못하는 한국인 남자임을 알았다. 한국 여자와 오래 살다보니 한국인 특유의 버벅거림을 느낄 수 있었던 것이다.

"그런데 누구?"

"나는 하연이 아빠다."

"오우! 반갑습니다. 어제 줄리에게 당신이 미국에 왔다는 이야기를 들었습니다. 그런데 내가 지금 운전 중이라서 통화가 어렵군요."

"결론만 말하지. 지금 하연이를 데리고 와라."

"뭐라고요? 뭔가 오해가 있는 모양인데, 나는 친구들과 사업 구상을 위해 다른 도시에 와 있습니다. 그렇지 않아도 조금 전에 줄리를 잃어버렸다는 전화를 받았는데……."

"닥치고, 하연이를 데리고 돌아와. 그렇지 않으면 넌 죽는다."

"뭐라고? 이봐, 난 당신이 무슨 소리를 하는지 전혀 모르겠어. 오늘 줄리를 잃어버린 건 내 와이프야. 나도 답답하다고! 그러니까 생사람 그만 잡고 한국으로 돌아가!"

스캇은 나중에 경찰에서 자신의 휴대폰 통화 기록을 볼 수 있다는 걸 알고 있었다. 당연히 꼬투리가 잡힐 만한 말을 해서는 안 된다. 그러다 보니 본의 아니게 끝까지 정중하게 나갈 수밖에 없었다. 자신은 정말 관계가 없는 사람으로 보여야 했기 때문이다.

"마지막 경고다. 하연이를 데리고 와라. 내손에 잡히면 넌 죽는다."

"뭐? 지금 나를 협박하는 건가! 당신 그러고도 무사할 줄 알아? 협박은 중범죄야! 나중에 법정에서 울고 매달리지나 마!"

말과 함께 스캇은 전화를 끊어 버렸다.

"미친놈! 누굴 죽인다고? 돌아 버리겠네. 감히 나를 죽이겠다고 협박을 해? 개자식! 제길! 제길!"

분노한 스캇은 죄 없는 운전대를 두 손으로 '쾅쾅' 내리쳤다. 지금까지 살면서 이렇게 대놓고 협박을 받아 본 적이 없었다. 한참 나쁜 짓을 하고 다닐 때는 범죄자들도 자신의 눈치를 살폈다. 자신의 신경을 건드리면 상대가 누구라도 반드시 보복했기 때문이다.

"그런데! 감히 나! 스캇에게! 협박을 해? 노란 원숭이 자식이! 그래 나를 찾아와 봐라! 내가 네놈의 모가지를 부러뜨려 줄 테니까!"

씩씩거리던 스캇은 순간 묘한 기분이 들었다.

"그런데 그 멍청이는 왜 내가 줄리를 데리고 있다고 한 거지?"

소연의 전남편은 만나본 적도 없다. 그런데 그는 자신의 전화번호까지 알고 있다. 자신에 관한 이야기가 뒤에서 오갔다고 생각하니 불쾌했다.

"제길, 벌써 둘이 만났나? 그랬나 보군……."

소연과 만난 것이 틀림없다. 그렇게 생각하자 소연과 줄리가 다시 그 남자에게로 갈 것 같다는 생각마저 들었다. 요즘 두 모녀의 행동을 보면 확실히 그랬다. 소연은 딴생각으로 가득한 얼굴이고, 줄리는 입만 열면 친아빠 자랑이었다.

"애송이 자식! 그래 봤자 이 게임의 승자는 나다."

스캇은 마음을 굳혔다. '줄리를 파는 것이야말로 소연과 저 빌어먹을 놈에 대한 복수다' 라고.

*　　*　　*

그 한 통의 전화로 강유진은 스캇이 하연을 납치했다는 것을 확신할 수 있었다. 스캇은 딸을 잃어버린 보통의 아버지들과 너무 다른 반응을 보였다. 이번 일의 책임을 소연에게 돌리면서 자신은 관계가 없는 양 뒤로 몸을 빼는 데 열심이었다. 더구나 여전히 일과 관계된 사람을 만나러 가는 것처럼 행동했다. 만사 제쳐두고 달려와야 정상이지만, 스캇은 그러지 않았다.

"강 선생님, 정말 스캇이 범인인가요?"

옆에서 지켜보고 있던 김미연이 조심스럽게 물었다.

"네, 이놈이 확실해요. 애 엄마가 잃어버렸다고 책임을 떠넘기면서, 여전히 어디론가 가고 있네요. 자기가 키우던 아이가 실종됐다는 데도 말이죠."

"그렇다면 분명히 거래를 하기 위해서 움직이고 있는 걸 거예요. 제가 스캇이 어디에 있는지 현재의 위치를 추적해 볼게요. 전화기를 끄지 않았다면 알아낼 수 있을 거예요."

"감사합니다."

김미연은 즉시 한국의 5과로 전화를 걸었다. 미국 경찰에 공조를 요청하기에는 시간도 없거니와 자신들의 정체까지 드러날 수 있으니 참아야 했다. 임지연 박사라면 쥐도 새도 모르게 스캇의 위치를 알아낼 수 있을 것이다.

"아, 개새끼! 하필 밥 먹고 잠깐 쉬는 동안에 일을 벌이냐."

최명석이 발을 동동 굴렀다. 점심식사를 마치고, 강유진의 얼굴을 보고 간다며 기다리는 동안 이런 일이 벌어지다니!

잠시 후 김미연이 강유진에게 소리쳤다.

"산타 모니카에요! 계속 이동 중이라 자세한 위치는 모르지만, 산타 모니카로 들어섰답니다. 최종 위치가 확인되면 제가 알려드릴 테니까, 두 분 먼저 가세요!"

"부탁드릴게요!"

강유진이 밖으로 뛰어나갔다.

뒤따라가는 최명석에게 김미연이 말했다.

"명석 씨가 운전해요. 강 선생님은 흥분한 상태니까. 게다가 명석 씨가 더 영어를 잘하잖아. 나는 김소연 씨 집으로 가서 별일 없나 둘러볼게요."

"알겠습니다! 형님! 같이 가요!"

벌써 저만치 가고 있는 강유진의 뒤를 좇아 최명석이 부리나케 달려갔다.

* * *

"이봐, 애한테 뭘 먹인거야?"

아이의 상태를 확인하던 잭이 스캇에게 시선을 돌렸다.

"걱정 마, 수면제를 조금 먹였어. 운전 중에 이것저것 물어보면 귀찮아서."

"알고 있잖아. 건강한 상태가 좋다고. 물론 나중에는 약을 좀 먹이기도 할 테지만. 처음부터 그러면 보는 사람들이 재미없어 한다고."

"제길, 의심도 많네. 수면제 조금 먹인 게 다야. 깨워서 확인해 봐. 학교에서 픽업(pick up)했기 때문에 다른 짓할 시간도 없었어."

"깨워 보면 알겠지."

잭이 잠든 아이의 볼을 톡톡 건드렸다.

그래도 깰 미기가 보이지 않자, 들고 다니며 마시던 미네랄 워터를 입으로 뿜었다.

푸우~

"으음……."

차가운 물이 얼굴에 닿자 하연이 눈을 떴다.

분명히 집으로 가고 있었는데, 집이라는 느낌은 들지 않았다.

'어디지?'

무심코 고개를 돌리던 하연의 입에서 비명이 흘러나왔다. 뒤늦게 바로 옆에서 낯선 남자의 얼굴을 발견한 것이다.

"꺄악!"

남자가 그런 하연에게 미소를 지어 보였다.

"놀랄 것 없어. 나는 스캇 친구야."

그제야 하연은 남자의 뒤쪽에 서 있는 스캇을 발견했다.

"스캇! 여기 어디야? 집에 간다면서? 엄마 어딨어?"

스캇이 아무렇지도 않다는 표정으로 답했다.

"겁내지 마, 여기는 내가 일하는 곳이야."

"뭐? 그런데 왜 나를? 그리고 이거 뭐야? 왜 날 묶었어? 풀어 줘! 날 놔 줘! 스캇! 스캇! 제발!"

하연이 테이프로 꽁꽁 묶인 몸을 이리저리 뒤틀었다. 하지만 성인의 힘으로도 테이핑한 몸을 풀 수는 없다. 하물며 여자아이인 하연은 말할 것도 없다. 비명과 함께 몸을 뒤틀던 하연은 5분 만에 숨만 헐떡거려야 했다. 힘이 다 빠져 버린 것이다.

축 늘어진 하연의 머리를 잭이 부드럽게 쓰다듬었다.

"아가야, 그렇게 소리 질러 봤자야. 여긴 전에 방송국으로 쓰던 곳이라서, 밖에서는 아무 소리도 들리지 않는단다. 알겠니?"

"제발, 집으로 보내 주세요. 제발요…… 엄마, 아빠, 흑흑……."

잭이 스캇을 향해 돌아섰다.

"어이, 네 딸이 너를 찾고 있는데?"

"내가 아니야. 그 애 친아빠가 LA에 있거든. 지금 그 병신을 찾고 있는 거야."

순간 흐느끼던 하연이 소리를 질렀다.

"병신 아냐! 우리 아빠가 당신들 가만히 두지 않을 거야! 아빠! 아빠!"

"와우~ 다 죽어 가던 애가 아빠 얘기를 하니까 기운이 펄펄 나는데? 얘 아빠가 그렇게 대단한 사람이야?"

잭의 물음에 스캇이 기분 나쁘다는 듯 얼굴을 찡그렸다.

"대단한 놈이면 나한테 자기 여자를 뺏겼겠어?"

"아, 그건 또 그렇군."

"전에는 병신 짓을 했는데, 여자를 뺏긴 뒤로 돈을 좀 번 모양이더라고."

"아가야, 들었지? 네 아빠도 별것 아니란다. 푸흐흣~."

말과 함께 잭이 하연의 귓불을 가볍게 매만졌다.

"만지지 마! 만지지 마! 우리 아빠는!"

하지만 하연은 뒷말을 할 수가 없었다. 아빠가 뭐하는 사람인지 몰랐기 때문이다. 그래서 눈앞의 악당들에게 가르쳐 줄 수가 없었다.

"아빠가 뭐? 뭐하는 사람인데?"

잭이 하연의 귀를 가볍게 물었다.

"악! 더러워! 비켜! 몰라도 돼! 우리 아빠 오면 당신 가만히 안 둘 거야! 아빠!"

잭은 하연이 그러거나 말거나 장난을 멈추지 않았다. 이렇게 깨끗해 보이는 아이는 그로서도 오랜만이었기 때문이다.

그러는 동안 카메라맨과 조명기사, 그리고 음향기술자가 방으로 들어왔다. 마지막으로 감독이 들어오자 잭도 부담스럽다는 듯 하던 짓을 멈추고 뒤로 물러났다.

"스티브는 왔나?"

갑작스러운 감독의 질문에 잭이 어깨를 으쓱해 보였다.

"병신 같은 새끼. 배우도 없이 애만 데려다 놓고 뭐하는 짓이야? 여기가 유치원이야? 3시간 뒤에 다른 스케줄이 있으니까, 빨리 스티브를 찾아서 끌고 와!"

"내가 스티브의 매니저도 아닌데 왜 나한테 그러쇼?"

"그래서? 지금 찍자는 거야? 말자는 거야? 난 딱 3시간 뒤에 떠날 테니까 알아서 해. 네놈이 핀헤드에게 죽든지 말든지 나는 몰라."

"제길, 스티브 이 개 같은 자식은 어디서 뭘 하고 있는 거야?"

결국 잭은 투덜거리면서 방을 나가는 수밖에 없었다.

멀뚱멀뚱 서 있던 스캇도 잭의 뒤를 따라갔다.

"어이, 약속대로 나머지 돈을 줘야지."

스캇이 잭을 따라간 건 스티브를 같이 찾아주기 위해서가 아니라 남은 돈을 받기 위해서였다.

잭이 스캇에게 돈을 던지며 물었다.

"이제 다시 영화산업에 뛰어든 거냐?"

“아니, 뉴욕으로 갈 거야.”

“뉴욕?”

“거기에 일자리가 많다는 소문이 있어서.”

“여자가 많다는 소리로 들리는데?”

“Fuck you! 내가 너랑 같은 줄 알아? 나는 진짜 일거리를 찾고 있다고, 진짜. 알아?”

“지랄 말고, 좋은 애들 있으면 언제라도 전화해. 너라면 최고로 쳐 줄 테니까.”

“알겠지만, 애를 돌려보내면 너도 같이 엮이게 된다. 적당히 처리해라.”

“걱정 마, 가볍게 몇 편 찍고 스너프 필름(Snuff Film: 섹스를 하며 살인을 실현하는 포르노 영화)을 만들 작정이니까.”

“O · K.”

스캇이 한결 부담을 덜은 얼굴로 돌아섰다. 스너프 필름을 만든다니 살아서 다시 줄리를 만날 일은 없다고 생각한 것이다.

마침 삼십 대로 보이는 한 백인 남성이 사무실의 문을 열고 들어왔다.

남자는 스캇의 아래위를 훑어보더니 잭에게 아는 척을 했다.

“헤이, 잭. 좋은 애를 데리고 왔다면서?”

“Jesus! 스티브, 뭐하다가 이제 온 거야? 너 때문에 내가 감독에게 무슨 소리를 들은 줄 알아?”

"제길, 팔머가 벌써 왔다고?"

"스텝들이 모두 너만 기다리고 있으니까 어서 가자!"

"뭐야, 나도 서둘러 온 거라고. 들어가면 뜨거운 조명 속에서 땀을 흘려야 하는데, 나에게도 담배 한 대 필 시간은 줘야지."

스티브가 품 안에서 마리화나를 하나 꺼내 들었다.

"저 남자는 누구야? 처음 보는데?"

"너는 몰라도 돼. 어차피 뉴욕으로 간다니까."

"그래? 후우~."

스티브가 연기를 길게 내뿜었다.

그 연기가 흩어지기 전에 다시 사무실의 문이 열렸다.

스티브가 새로 등장한 남자를 힐끗 바라보았다.

"저 남자도 뉴욕으로 갈 사람인가?"

"누구?"

"……."

잭과 스캇이 거의 동시에 입구로 고개를 돌렸다

이십 대 중반의 동양인 남자가 보였다.

잭이 스캇에게 시선을 돌렸다.

"네 일행이야?"

"아니."

"그럼 누구야? 여긴 아무나 들어올 수 있는 곳이 아닌데."

잭이 고개를 갸웃거렸다.

3층에 있는 스튜디오의 입구는 핀헤드의 부하들이 지키고 있었다. 그러니 소리 없이 이곳까지 왔다는 것은 핀헤드와 관계있는 사람이라는 뜻이다.

"헤이, 일본인! 너도 재미 보러 왔냐? 아~, 아~, 아~."

잭이 신음 소리와 함께 아랫도리를 앞뒤로 흔들어댔다.

그 모습을 보고 킥킥거리던 스티브가 마리화나의 불을 손으로 비벼 껐다.

"오늘 나 혼자 찍는 게 아니었어? 2:1이야? 아님 오늘 스너프도 찍나? 미리 말해 두지만 나는 스너프는 참가 안 해."

이십 대로 보이는 동양인 남자가 스티브에게 천천히 다가갔다.

"스노푸?"

남자의 어색한 발음에 스티브가 다시 키득거렸다.

"You man, 스노우 푸(snow poo)가 아니라 스너프야. 진짜로 죽여주는 섹스 영화지만, 나는 아직 그 정도로 타락하지는 않았으니까."

"아, 스너프!"

순간 남자의 눈가에 경련이 일었다.

하지만 마리화나 덕분에 약간 흥분해 있는 스티브의 눈에는 그저 애송이가 놀란 것처럼 보였다.

"크큭! 애송이, 이 바닥에서 그 정도로 놀라면 어떻게 해? 여긴 시체도 강간하는 곳이라고! 바보처럼 굴지 말고 엉덩이 간수나 잘해."

남자, 강유진이 백인 남자들을 둘러보며 물었다.

"누가 스캇이냐?"

그제야 스캇이 놀란 눈으로 남자의 면면을 살폈다.

이곳에서 자신의 이름을 아는 사람은 잭밖에 없었다. 그런데 처음 보는 아시아 남자가 자신을 찾고 있다니? 당황스러웠지만 남자가 줄리의 아빠일지도 모른다는 생각은 하지 않았다. 일단 눈앞의 상대가 너무 젊었다. 줄리의 아빠는 소연과 동갑내기로 삼십 대 후반의 나이였다.

"너는 누구야? 나를 왜 찾지?"

스캇이 한 걸음 나섰다. 어차피 이곳은 핀헤드의 영역이었다. 상대가 누구라도 핀헤드의 이름 앞에서는 난동을 부리지 못할 것이었다.

그때 누군가 문을 거칠게 열며 안으로 들어왔다.

그도 이십 대의 동양 남자였다.

"형님, 아래는 제가 안 보이게 다 치웠습니다."

"그래, 수고했다. 숨어 있는 변태들은 없는지 방마다 한 번 살펴봐라. 여기 스튜디오는 내가 알아서 처리할 테니까."

"예."

최명석이 가까운 방으로 거침없이 걸어갔다.

그제야 문제가 생겼다는 걸 알아차린 잭이 뒤로 슬금슬금 물러섰다.
강유진이 스캇에게 몸을 돌렸다.
“나? 하연이 아빠다.”
“뭐야?”
“내가 말했지, 죽는다고.”
상대의 기세에 놀란 스캇이 뒷걸음질 쳤다.
“헛소리 하지 마! 네가 줄리의 아빠일 리가 없잖아!”
“하연이는 저 안에 있나?”
강유진이 방음처리로 두툼해 보이는 문을 가리켜 보였다.
“그래, 지금쯤 어른들과 즐기고 있을…….”
퍽.
스캇의 머리가 터져 버렸다. 목 아래 부분은 아직도 멀쩡한 모습이었지만, 목 위로는 아무것도 없었다.
“으헉!”
“뭐, 뭐야!”
비명을 지르던 스티브와 잭은 스튜디오 안으로 허겁지겁 뛰어들어갔다.

스튜디오 안의 스텝들은 -분주하게 침대를 정리하고, 조명을 설치하고, 카메라까지 제 위치를 잡은 뒤- 스티브가 오기만을 눈이 빠지게 기다리고 있었다.

그때 우당탕 소리와 함께 스티브와 잭이 동시에 뛰어들어 왔다.

팔머가 만족스러운 표정으로 스티브를 향해 말했다.

"좋아, 비록 늦었지만 미안한 건 아는 모양이지? 잭, 너는 뒤로 빠져. 네 물건은 볼품이 없어서 안 된다고 했잖아."

스티브가 덜덜 떨면서 감독에게 다가갔다.

"팔머, 지금 문 밖에 살인마가 와있어. 이러고 있을 때가 아니야. 피해야 한다고."

"무슨 소리야? 갑자기 웬 살인마? 오늘은 스너프를 찍지 않을 거라고 했잖아."

잭이 침대에 던져져 있는 아이를 가리키며 소리쳤다.

"진짜야! 저 애 아빠라는 놈이 와서 스캇을 단숨에 죽여 버렸다고! 말 몇 마디 하더니 그냥 죽여 버렸어! 눈 깜짝할 사이에!"

촬영감독인 팔머가 짜증난다는 듯 물었다.

"입구에 있던 녀석들은 다 어디로 갔기에 애 아빠가 3층까지 올라와?"

"몰라! 조용히 올라왔다고. 정말 아무 소리도 들리지 않았어."

팔머가 조명기사와 음향기사에게 눈짓을 보냈다.

"쯧쯧! 병신들 같으니. 장비 챙기고 손님 맞을 준비해."

조명이 꺼지고 음향장비가 다시 트렁크 속으로 들어갔다.

침대에 누워있던 하연이 소리쳤다.

"내가 말했잖아! 우리 아빠가 올 거라고! 당신들 이제 큰일 났어!"

"닥쳐! 네 아빠가 와 봤자. 죽기밖에 더하겠어?"

말과 함께 팔머가 카메라 가방 안에서 권총을 꺼내 들었다. 그리고 놀란 눈으로 바라보는 하연에게 총구를 흔들어 보였다.

"아가야, 이게 뭔지 알지? 네 아빠는 너보다 조금 일찍 저세상으로 가게 될 거야. 우리는 평범한 사람들이 아니라고. 우리 몸은 우리가 지킬 줄 아는 예술가들이라고나 할까."

그렇게 팔머가 이죽거리고 있을 때였다.

천천히 문이 열리며 한 남사가 걸어 들어왔다.

팔머가 조금은 놀란 얼굴로 젊은 동양인에게 시선을 돌렸다.

"당신이 이 아이의 아빠인가?"

"그래."

"이 아이를 되찾으러 왔나?"

"그래."

순간 팔머가 피식 웃으며 말했다.

"그럼 죽어라."

탕. 탕. 탕.

제6화

아빠, 딸, 그리고 타인

뒷자리에서 쉬지 않고 재잘거리던 하연이는 자동차가 프리웨이(free way)로 들어서자 꾸벅꾸벅 졸기 시작했다. 차창 밖의 풍경이 보이지 않으니 지루했던 모양이다. 하연이는 결국 머리를 강유진의 어깨에 기댄 채 잠이 들고 말았다.

운전석의 룸미러를 통해 하연이 잠든 걸 확인한 최명석이 피식 웃었다.

"형님, 하연이가 어지간히 피곤했던 모양입니다."

"갑자기 긴장이 풀려서 그런 걸 거야."

"그런데 원래 LA 방문이 계획에 있었습니까?"

"왜?"

"형님은 평소에 집안 얘기 하는 걸 싫어하셨잖아요. 그런데 보스턴의 일을 마치자마자 LA로 가겠다고 하셔서, 사실 좀 놀랐습니다."

"보스턴에서 문 박사님의 부인이 손가락을 잘렸거든."

"네, 알고 있습니다. 수배 중이던 장 테스카틀이 벌인 짓이었죠?"

"그래, 그런데 잘린 손가락보다…… 아들 걱정을 더 하더라고. 그 손으로 아들을 안고 나가려고 애를 쓰는데…… 아무튼 그때 나도 어머니 생각이 나더라."

"아!"

강유진이 하연의 머리를 부드럽게 쓰다듬었다.

"거기 일 마무리 하고 나니까, 갑자기 이 녀석이 보고 싶어지는 거야. 그전까지는 사실 나도 원망을 좀 했었거든. 내가 아니라 엄마와 미국 남자를 선택했으니까……."

"네, 이해합니다."

"총각은 죽어도 이해 못 해, 인마."

"형님, 진짜 마음으로 이해가 간다니까요."

"하여튼, 이런 게 부모 마음인가 봐. 그냥 달려가서 보고 싶더라고. 어떻게 잘 살고 있는지, 어려움은 없는지. 무작정 주고 싶은 거 있지."

"그래서 내리사랑이라고 하지 않습니까!"

"와 보길 잘한 것 같아."

"저도 그렇게 생각합니다. 형님이 LA로 오지 않았다면…… 정말 생각만 해도 끔찍합니다."

"그래, 인생은 그렇게 선택의 연속이지."

"그런데…… 괜찮으세요?"

"뭐가?"

"영화나 책을 보면 사람을 처음 거시기하면 상당히 힘들고 괴롭다고들 하던데. 형님은 의외로 담담해 보여서요."

최명석은 한편으로 강유진이 두려웠다. 강유진은 스튜디오에서 스캇과 이름 모를 영화감독을 죽였다. 살인을 앞두고 망설인다거나, 그들에게 최소한의 경고도 하지 않았다. 마치 인형을 때려 부수듯 거리낌 없이 두 사람의 목숨을 끊었다. 총질까지 하며 저항하던 팔머가 죽자 다른 사람들은 알아서 기었다. 덕분에 더 이상의 희생자는 나오지 않았지만, 느낌으로 알 수 있었다. 강유진이 스튜디오에 있는 사람들을 전부 죽이려고 했다는 것을 말이다.

"나는 개인적으로 우주 안에서 보면 사람은 특별한 존재가 아니라고 생각해. 모든 살아 숨 쉬는 것들을 존중하는 마음 안에 사람에 대한 존중도 포함된다고 할까? 하여튼 사람이 다른 생명체보다 특별해서 존중받을 일은 없다고 봐."

"오! 왠지 심오하네요. 저도 한편으로는 공감이 갑니다. 그런데 우린 사람이니까, 사람 편에 조금 더 점수를 줘도 되잖아요? 이렇게 말하면 내가 치사한 건가?"

"명석아 너는 우주에, 아니 지구에 지성을 가진 생명체가 인간밖에 없다고 생각 하냐?"

"초고대종족의 후예들이라는 크라노스도 있다면서요."

"그래, 만약 크라노스들도 너 같은 생각을 하고 있다면, 인간에게는 재앙이 될 거야. 그런 생각 안 해 봤어?"

"그들을 생각하면 확실히 모든 생명체가 존중받는 세상이 아름답겠죠?"

"에라! 이기적인 인간아."

"험, 험, 그래서 형님의 눈에는 그들이 어떻게 보이는 겁니까?"

"누구?"

"스캇이나 변태 영화감독요."

"나라고 다르겠냐? 네 눈에 보이는 그대로 내 눈에 보인다. 다만 죽어 마땅한 놈들이라는 생각이 첨가될 뿐이지."

"근데 실제로 죽이는 것과 죽어도 싼 놈들이라고 생각하는 건 차이가 있잖아요."

"나는 젊은 시절에 생각과 말과 행동을 일치시키려고 애쓴 적이 있었어. 이른바 지행일치(知行一致), 혹은 언행일치(言行一致) 같은 거지."

"그런데요? 잘 안됐죠? 으흐흐."

최명석이 야릇한 웃음을 흘렸다.

한때 언행일치를 꿈꾸지 않은 청년이 몇이나 있을까?

"당연히 잘 안됐지. 그런데 말이야, 요즘은 그게 되는 것 같아. 특별히 애쓰지 않아도, 생각과 말과 행동의 경계가 잘 느껴지지 않아. 무슨 말인지 알겠냐?"

"형님, 그건 거의 성자(聖子)들에게나 가능할 얘기 같은데요."

"요즘 내가 그래."

"……."

최명석은 속으로 혀를 내둘렀다.

한마디로 사람을 죽여도 마음에 거리낌이 없다는 얘기다. 죽이고 싶다는 생각을 하는 것과 죽이는 것이 같아져 있는 상태니까 말이다.

"형님, 우리끼리니까 말인데 그거 좀 위험한 거 아니에요? 인간은 불완전하잖아요. 형님이 항상 올바른 판단을 내린다는 보장이 있는 것도 아니고."

"하지만 최소한 스캇이나 그 변태 영화감독 같은…… 이른바 상대가 '공공의 적'인지 아닌지 정도는 알 수 있잖아. 그럼 충분한 거 아닐까? 입장을 바꿔 보자. 너는 스캇과 영화감독 같은 이들을 살리기 위해서, 어린아이가 강간살해당하거나, 자신이 죽을 수도 있는 위험을 감수할 수 있겠냐?"

스튜디오 안에 던져진 하연과 영화감독의 총질 앞에서 어떻게 하겠냐는 질문이다.

"그럴 가치가 없는 놈들이죠."

…….

잠시 침묵이 흘렀다.

최명석은 자신도 그들을 쏘았을 거라는 걸 인정했다. 어쩌면 자신은 강유진의 능력에 놀라서 그를 경계하고 있는 지도 모른다. 만약 강유진이 그들을 총이나 격투술로 힘겹게 상대했다면, '사람을 죽였는데 담담해 보인다'는 말 따위는 하지 않았을 것이다.

운전을 하는 내내 아까 강유진이 보여 주었던 장면이 머리에서 떠나지 않았다.

스캇의 머리가 갑자기 터져 버린 것은 일도 아니었다.

영화감독이 '그럼 죽어라'라고 말하며 총을 쐈을 때, 최명석은 똑똑히 보았다. 총알은 강유진의 몸에 닿지도 않았다. 그의 몸에서 1~2센티미터 앞에 멈춰 있었다. 그리고 마치 장난감 플라스틱 총알처럼 바닥으로 '툭툭' 떨어져 내렸다.

놀란 영화감독이 하연이를 인질로 삼으려고 침대로 몸을 날린 순간, 그의 팔다리가 허공에서 부서졌다. 침대에 떨어졌을 때는 이미 목까지 부러진 뒤였다. 그 광경에 놀란 나머지 세 악당은 바닥에 무릎을 꿇고 제발 살려 달라고 애원했다. 범죄자들이 불쌍하게 보이기는 그때가 처음이었다.

크라노스라는 범죄단체의 인물들도 모두 강유진과 같은 슈퍼파워를 가지고 있다고 했다.

대체 강유진과 크라노스의 사람들은 어떤 존재들일까?

아무리 머리를 쥐어짜 봐도 적당한 답을 찾을 수가 없다.

황당한 눈으로 바닥에 떨어진 총알과 강유진을 바라보던 영화감독의 얼굴이 지워지질 않았다. 그는 죽는 순간에도 자신이 누구의 손에, 그리고 어떻게 죽었는지 모를 것이다. 모든 것은 눈 깜짝할 순간에 일어났으니 말이다.

검은색 마이바흐가 어둠 속을 유영하듯 헤쳐 나갔다.

*　　*　　*

강유진과 최명석이 어바인에 도착한 시간은 저녁 9시 무렵이었다. 강유진은 잠든 하연을 안고 집 안으로 들어갔다.

거실에서 초조하게 기다리고 있던 소연은 마당으로 달려 나왔지만 잠든 하연을 받지 않았다. 대신 하연의 방까지 강유진을 안내했다.

하연을 침대에 눕히고 먼저 거실로 나온 강유진은 소연을 기다렸다. 그녀에게 꼭 해 줘야 할 말이 있었기 때문이다.

오 분쯤 기다리자 소연이 조용히 거실로 나왔다.

"고마워, 오늘의 은혜는 평생 잊지 않을게. 그런데, 하연이에게 무슨 일이 있었는지 알고 싶어."

소연이 강유진을 똑바로 바라보았다. 어떤 말을 들어도 놀라지 않겠다는 의지가 담긴 표정이다.

이미 김미연을 통해 하연이 무사히 집으로 오고 있다는 말은 들었다. 그런데 김미연은 '누가, 그리고 왜 그랬나?' 라는 질문에는 답을 해 주지 않았다. 그저 '강 선생님이 오시면 알려 주실 것이다' 라고만 했다. 김미연은 강유진의 영역을 침범하지 않으려고 애쓰는 것같이 보였다. 그건 소연에게 신선한 충격이었다. 자신이 기억하는 강유진은 있는 듯 없는 듯한 사람이었기 때문이다.

"고맙긴, 나도 하연이 아빠잖아."

강유진이 김미연과 최명석을 힐끔 바라보았다. 할 이야기가 있으니 먼저 돌아가 주었으면 해서다.

눈치가 빠른 김미연이 먼저 일어섰다.

"어머! 내 정신 좀 봐. 두 분이 말씀 나누셔야죠? 저는 명석 씨와 먼저 돌아갈게요."

"아, 그래 주실래요? 그리고 감사합니다. 미연 씨와 명석이가 아니었으면…… 정말 평생에 한이 될 뻔했습니다."

"에이, 별말씀을요. 우리가 어디 남인가요?"

김미연이 강유진을 향해 윙크를 해 보였다.

"형님, 차는 두고 갈 테니까 편하게 움직이세요."

"그래, 조심해서 돌아가."

"네, 그럼 저희는 먼저 가보겠습니다. 편히 쉬세요."

최명석이 김소연에게 꾸벅 인사를 해 보이고는 뒤도 돌아보지 않고 나가 버렸다.

감사인사를 할 기회를 잃어버린 김소연은 영 어색한 표정이었다.

김미연이 그런 소연에게 방긋 웃으며 말했다.

"소연 씨, 원래 명석 씨가 낯을 많이 가려요. 그럼 먼저 가 볼게요."

소연과 기다리는 동안 어느 정도 안면을 튼 김미연이 살갑게 인사를 했다.

그제야 소연의 표정도 조금 밝아졌다.

"네, 미연 씨도 너무 감사했어요. 다음에 기회가 되면 정식으로 인사를 드릴께요."

"괜찮아요. 곧 한국으로 갈 예정이라 다시 만나기 어려울 거예요. 그럼, 파이팅~."

김미연이 작은 주먹을 불끈 쥐어 보이고는 돌아섰다.

벌써 십여 미터나 앞서 가고 있는 최명석의 곁으로 김미연이

잰걸음으로 다가갔다.

"명석 씨, 아까는 왜 그랬어요? 소연 씨 무안하게."

최명석이 떨떠름한 표정으로 답했다.

"애매하잖아요. 미연 씨와 다르게 나랑은 형님 동생하고 있는데…… 형수님이라고 하기도 그렇고, 형님에게 한 짓을 생각하면 별로 정도 안가고. 이래저래 어색해서 피한 것뿐이에요."

"어머, 명석 씨. 보기와 달리 마음이 여린 것 같다."

"에? 어떻게 보이는 데요?"

"요즘 말로 까도남(까다로운 도시 남자)?"

"감사합니다."

"후후, 칭찬은 아닌데?"

"그래도 그런 개성이 느껴진다는 거잖아요. 저는 아무런 이미지 없이 28년을 살아왔다고요."

"명석 씨 나이가 스물여덟이었어요?"

"네, 모르셨어요?"

"나보다 한참 동생이네. 난 나보다 나이가 많은 줄 알았는데."

최명석이 침통한 표정으로 중얼거렸다.

"네, 저 국민노안(國民老顔)입니다."

"호호! 신경 쓰지 말아요. 요즘 젊은 아가씨들은 중후해 보이는 남자들을 좋아한다니까!"

"네, 저도 기사 봤습니다. 그런데 그건 재산 보고 몰려드는 여자들 얘기잖아요. 저처럼 자연노안이 환영받는 건 아니라고 생각하는데요."

"에이, 젊은 사람이 뭘 그런데 마음을 쓰고 그래? 그냥 당당하게 살면 되지! 노안은 노안으로 동안은 동안으로. 근데, 강 선생님이랑 너무 비교된다."

"아, 진짜!"

최명석이 성큼성큼 걸어 김미연을 벗어났다.

"명석 씨, 명석아! 같이 가! 내가 호텔에다가 차 보내 달라고 했으니까 멀리가면 안 돼!"

거실에서도 김미연이 외치는 소리가 들렸다. 나무 벽이 얇은 것도 있지만, 밤이라 소리가 멀리까지 전해진 것이다.

"조금 시끄러운 사람들이지?"

"응, 그런데 뭐하는 사람들이야? 처음 보는 기계도 가지고 다니던데."

"그건 기업의 보안과 관계된 거라서 알려 줄 수가 없다."

"역시 많이 변했네, 비밀도 있고."

"왜이래? 전에도 나는 신비로운 남자였다고."

"알았어, 하연이 얘기나 해 줘."

"하연이를 납치한 사람은 스캇이야. 그가 잭이라는 중간책에게 돈을 받고 하연이를 팔았어."

"스캇이? 왜?"

"말했잖아. 그들은 아동 포르노를 제작하는 불법 포르노영화 제작자들이야. 스캇이 하연이를 팔아넘긴 이유까지는 모르겠지만. 어쨌든 그는 하연이를 팔고 2만 5천 달러를 받았어."

"하연이는…… 아무 일도 없었어?"

이 부분에 이르러 소연은 차마 강유진의 얼굴을 바라보지 못했다.

"다행히 일찍 찾아내서 촬영이 시작되기 전에 구할 수 있었어. 김미연 씨와 명석이가 아니었으면…… 정말 큰일 날 뻔했시."

"아아! 다행이야…… 만약 하연이에게 무슨 일이 있었다면 나는 살지 못했을 거야."

"그래, 나도 그랬을 거야."

"그 나쁜 자식은 어떻게 됐어? 잡아서 경찰에 넘겼어?"

"그는 죽었어."

"……."

소연은 믿어지지 않는 눈으로 강유진을 바라보았다. 스캇이 죽었다니?

"……당신이 죽인거야?"

"……."

강유진은 가타부타 말하지 않았다.

"그랬구나, 괜찮아?"

"뭐가?"

"사람을 죽였잖아…… 마음이…… 힘들지 않아?"

"그때는 하연이를 빨리 되찾아야겠다는 생각밖에 없었어."

소연이 어두운 창밖으로 시선을 돌렸다.

"……지금은?"

"괜찮아."

"다행이다, 나중에라도 자책하지 마. 나 같아도 그런 인간은 죽였을 거야. 자기 가족을 그런 더러운 소굴에 팔아넘기다니…… 사람도 아니야."

"실은 그 일로 부탁 하나 할 게 있어."

"뭔데? 말만 해."

"경찰에게는 하연이가 놀러 갔다가 늦게 돌아왔다고 말해 줘."

"응."

"그리고 내가 여기에 왔었다는 건 말하지 마. 경찰은 스캇이 죽은지도 모르니까. 스캇과 관계된 일은 여기서 덮었으면 해."

"알았어, 나도 그러는 편이 더 좋아. 하연이에게는 말해 뒀어?"

"응, 그래도 당신이 몇 번 더 주의를 줘."

잠시 머뭇거리던 소연이 물었다.

"……혹시, 하연이가 스캇이 죽은 걸 알아?"

"아니, 하지만 하연이는…… 영화감독이 죽는 걸 봤어."

"애가 많이 놀랐겠다."

"당분간 하연이에게 꼭 붙어 있어. 그리고 애가 힘들어하는 것 같으면…… 연락해. 한국의 심리치료 전문가들을 보내 줄 테니까."

"후후, 당신 정말 많이 변했다."

"살아 있는 건 다 변하잖아."

"그래도 당신은 몰라보게 변했어."

"나쁜 쪽이야? 좋은 쪽이야?"

소연이 배시시 웃었다.

"물론 좋은 쪽이지."

"다행이네, 당신도 많이 변했어."

"알아…… 미안해."

소연이 갑자기 고개를 떨구었다.

"내가 당신에게 못 할 짓한 거 알아. 그것에 대해서는 입이 열 개라도 할 말이 없어. 정말 미안해, 용서해 줘."

"하하, 난 이미 다 잊었어."

"그래, 그런 것 같았어."

소연이 쓸쓸한 음성으로 중얼거렸다. 미움받는 것보다 못한 게 잊혀지는 거라던가!

한참 만에 소연이 힘없는 소리로 물었다.

"늦었는데…… 자고 갈래?"

"가는 게 좋을 것 같아."

"아침에 하연이가 아빠를 찾을 것 같아서 그래."

"그럼 아침에 다시 올게."

강유진이 자리에서 일어섰다.

오랜만에 -과거의- 가족들과 함께 있으니 이대로 눌러 앉고 싶다. 하지만 여기는 소연과 하연의 집이지 자신의 집이 아니다. 그걸 자기 자신에게 확실히 인식시켜 주어야 한다. 강유진은 저도 모르게 주먹을 불끈 말아 쥐었다. 갑자기 버림받는 것만큼이나 자신의 삶을 알아가는 것도 고통스러웠다.

"그래…… 그럼, 아침에 와."

소연은 떠나가는 강유진을 차마 잡지 못했다.

* * *

"아빠, 오랜만에 함께 아침 먹으니까 좋다 그치?"

하연이 식탁에 마주 앉은 강유진과 소연을 번갈아 보며 싱글벙글 웃었다.

"그래, 그런데 하연이는 요즘도 김치 안 먹어?"

"이제부터 먹을 거야."

하연이 씩씩하게 김치를 집어 갔다.

"요즘은 미국 사람들도 김치가 몸에 좋다고 많이 먹는다."

"정말?"

"그렇다니까, 아빠는 거짓말 안 해."

"응, 맞아. 아빠는 거짓말 안 하니까 나도 김치 많이 먹을 거야."

부녀간의 대화를 보고 있던 소연이 기가 막힌다는 표정을 지었다. 갑자기 하연이가 아빠 말이라면 껌뻑 죽는 것처럼 행동했기 때문이다.

"하연아, 너 정말 김치 잘 먹을 거야? 아빠 앞에서만 먹으면 안 돼."

"엄마, 나 진짜 이제 김치하고만 밥 먹을 거야. 봐, 이렇게 잘 먹잖아."

하연이 보란 듯이 김치를 맨입에 집어넣었다.

고개를 설레설레 젓던 소연이 짐짓 무서운 표정을 지어 보이며 말했다.

"그래, 며칠이나 가나 한번 보자. 매일매일 김치만 줄 테니까."

"엄마, 그건 반칙이야. 김치랑 다른 반찬도 줘야지. 그치 아빠?"

"맞아. 반찬도 골고루 먹어야 좋은 거니까."

"들었지 엄마?"

하연이 의기양양한 표정으로 소연을 바라보았다.

"알았어, 못난아. 엄마가 다른 반찬도 많이 만들어 줄게."

소연은 슬그머니 창문으로 얼굴을 돌렸다. 강유진의 앞에서 딸의 행복해하는 모습을 보고 있자니 괜히 눈물이 핑 돌았던 것이다.

식사를 마친 후, 강유진은 하연에게 작별 인사를 했다.

"아빠, 안 가면 안 돼?"

"응, 아빠는 한국에서 일을 해야 하거든."

"미국에서는 못 해?"

"응, 회사가 한국에 있어서 돌아 가야해. 여기는 잠깐 출장을 온 거야."

"저기, 그럼…… 우리가……."

하연은 채 말을 잇지 못했다. 한국으로 돌아가서 함께 살자는 말을 하고 싶었지만, 입안에서만 뱅뱅 맴돌았다.

강유진이 머뭇거리고 있는 하연의 머리를 쓰다듬었다.

"하연아, 언제라도 아빠가 보고 싶으면 한국으로 놀러 와. 아빠도 하연이가 보고 싶으면 미국에 올 테니까. 알았지?"

"……응."

"누가 하연이 괴롭히면 아빠한테 전화해. 아빠가 비행기 타고 와서 혼내 줄 테니까. 미국하고 한국은 열 시간밖에 안 걸려. 금방 와."

"……알았어."

하연이 시무룩한 얼굴로 고개를 끄덕였다.

강유진이 그런 하연을 꼭 안아 주었다. 떨고 있는 하연이의 작은 몸이 느껴졌다. 강유진은 양 팔에 힘을 주며 속삭였다.

"하연아, 우리는 영원히 아빠와 딸이야. 알지?"

"응, 아빠…… 흑……."

결국 하연이 눈물을 터뜨리고 말았다.

벌써 아빠와 만나기 어렵다는 것을 아는 나이인 것이다.

현관을 나서는 강유진의 손에 하연이 편지를 쥐어 주었다.

"아빠, 이따가 비행기 안에서 읽어. 어제 밤에 내가 쓴 거야."

"그래? 고마워."

강유진은 딸이 건네준 편지를 품 안에 챙겨 넣었다.

정원 밖에 서 있던 최명석과 김미연이 하연에게 손을 흔들어 보였다.

하연도 한국 손님들에게 작은 손을 흔들었다.

정원을 가로지르던 강유진이 갑자기 하연에게 소리쳤다.

"하연아! 누가 괴롭히면 어떻게 하라고?"

순간 하연이 손으로 전화를 거는 시늉을 했다.

"전화! 전화!"

"그래! 아빠 간다!"

그 말을 끝으로 강유진은 빠르게 멀어져 갔다.

소연과 하연은 현관에 우두커니 서서 검은색 마이바흐가 완전히 사라질 때까지 눈을 떼지 못했다.

어디선가 선선한 바람이 불자 하연이 입을 열었다.

"엄마, 우리 아빠 정말 멋있지?"

"……그래. 꿈같다, 그치?"

"응, 아빠가 있어서 좋게 끝난 꿈이야."

소연이 하연의 머리를 안았다.

"근데 아빠한테 뭐라고 썼어?"

"뭐냐면…… 고맙고, 미안하고, 사랑한다고."

"미안해하지는 않아도 돼. 넌 잘못한 거 없어."

"……."

가만히 뭔가를 생각하던 하연이 조심스럽게 물었다.

"엄마는 왜 아빠랑 헤어진거야?"

"사람은 가끔 바보 같은 짓을 할 때가 있어. 엄마가 그랬던 거야."

"그랬구나……."

하연이 뭘 안다는 듯 고개를 주억거렸다.

"아빠한테 미안하다 그러고 화해하면 안 돼?"

"미안하다고는 했지."

"그럼 같이 살아도 되잖아."

"아빠는 한국에서 일을 해야 하니까. 엄마는 미국에서 일을 해야 하고."

"우리가 그냥 한국 가면 안 돼?"

"지금은 하연이 네가 학교를 다녀야 되기 때문에 힘들어. 나중에 졸업하고 가."

"난 그냥 한국 학교에 가도 되는데……."

"한국하고 미국은 교과 과정이 달라서 지금 가면 적응하기도 힘들어."

"그래도……."

"그것뿐만 아니야……."

소연은 여러 가지 이유를 들어 한국행의 어려움을 변명했다. 그렇게 삼십 분이 지나자 하연은 더 이상 한국으로 가자는 말을 하지 않았다.

하연이 자기 방으로 들어가자, 소연은 거실의 소파에 털썩 주저앉았다. 솔직히 한국에 가고 싶은 마음은 자신이 더 컸다. 하연이 생각만 해도 끔찍한 일을 당한 뒤로는 더욱 그랬다. 하지만 아직은 안 된다. 강유진과 같은 나라에서, 그를 버린 것을 후회하며 살 수는 없었다.

* * *

한국으로 돌아가는 비행기 안에서 강유진은 아무런 말도 하지 않았다.

이리저리 뛰어다니느라 시차 적응할 틈도 없었던 최명석은 좌석에 앉자마자 잠이 들었다.

옆자리의 김미연은 책을 읽는다고 조용했다.

이래저래 세 사람은 일행으로 보이지 않을 정도로 서로 말이 없었다.

졸다 깨다를 반복하던 강유진이 신문을 뒤적이고 있을 때다.

"하연이가 아주 예쁘고 똑똑하더라고요."

마침 책을 읽던 김미연이 말을 걸어왔다.

"제가 세상에서 한 일 중에 후회하지 않는 유일한 일이죠."

"후후, 엄마 아빠를 골고루 닮은 것 같아요."

"솔직히 엄마를 더 닮았어요."

"따님을 미국에 두고 가려니 내키지 않으시죠?"

"방금 쓰나미와 지진피해로 사망한 남녀노소의 기사와 사진을 보면서 이런 생각을 했습니다. 사람이 죽는 건 나이나, 운명이나, 죄의 유무와 관계없다고. 부처님이나 하나님이나 알라의 뜻이 아니라고. 그건 그냥 생명체가 피할 수 없는 하나의 현상에 불과하다고."

"……."

김미연은 강유진의 말에 집중했다.

"명석이는 제가 요즘 좀 단순 과격해진 것 같다고 염려하더군요. 사실인지도 몰라요. 전에는 상상도 하지 못할 일을…… 지금은 아무렇지도 않게 하고 있죠."

강유진이 자신의 두 손을 내려다보았다. 이 두 손으로 사람을 죽였다. 전 같으면 꿈에서라도 하지 못할 일이었지만, 지금은 담담했다.

"그래서 저 자신의 이런 변화에 대해 조금 신경 쓰고 있던 참입니다."

그랬다. 누구에게도 말하지 못했지만, 엘의 조각을 받아들인 후 인간성 자체에 변화가 온 건 아닌지 걱정했었다.

"그런데 하연이를 만나고 나서 알게 됐습니다. 내가 예전의 강유진 그대로라는 것을요."

"푸훗! 딸 바보요?"

"하하, 그렇게 보였나요? 하여튼 피해 다니지 않고 만나 보기를 잘한 것 같아요."

그러지 않았다면 평생 전처와 딸을 원망하는 마음으로 살았을 것이다.

"세상의 일이란 게 참 묘한 거 같아요. 문 박사님을 돕기 위해서 미국에 왔다가, 따님도 구할 수 있었잖아요? 우연이라고 하기에는 너무 오묘한…… 마치 신(神)이나 어떤 절대자가 있어서 그렇게 이끌어 준 것 같지 않아요? 나만 그렇게 느끼나?"

"그렇죠? 모든 걸 우연으로 생각하기에는 신기한 일이 많은 것 같습니다. 그래서 종교가 흔들림 없이 자리를 지키고 있는 거겠지만."

"아, 그리고……."

갑자기 김미연이 강유진의 귀에 대고 속삭였다.

"CIA에서 강 선생님의 뒤를 캐고 있데요."

"왜요?"

"보스턴에서의 일 때문인 것 같다는데, 자세한 건 회사에 가면 알 수 있을 거예요."

"네……."

강유진은 별반 놀라지 않은 얼굴이었다. CIA와는 언제고 얽히게 될 날이 있을 거라고 생각했었기 때문이다.

"어머, 긴장하지 않으시네요?"

"세상에 영원한 비밀은 없으니까요."

"과연! 대범하시네요."

"대범이라기보다는 포기할 게 뭔지 잘 알고 사는 사람입니다."

"강 선생님 같은 분도 포기할 게 있으세요?"

"저, 그냥 소시민입니다."

"그건 좀 아닌 것 같은데요."

"……."

강유진이 창문으로 시선을 돌렸다.

김미연은 모를 것이다. 탑골에서 지반침하가 일어나기 전까지 자신이 어떤 모습으로 살았는지를…….

곧 인천국제공항에 도착 예정이라는 기장의 안내방송이 들려왔다.

곯아 떨어져 있던 최명석이 눈을 번쩍 떴다.

"헉! 벌써 한국이에요?"

"왜?"

김미연이 놀란 눈으로 최명석을 바라보았다. 김미연은 최명석이 자신보다 세 살이나 어리다는 걸 알고 난 뒤로 말을 텄다.

"아! 젠장! 모처럼 비즈니스 석을 이용했는데, 서비스를 하나도 못 받았잖아요. 어디 가서 비즈니스석을 탔다는 말도 못 하게 생겼네."

"후훗, 말할 상대는 있고?"

"고등학교 친구들한테라도……."

"아서라. 괜히 말 잘못했다가 잘린다. 우리의 모든 움직임은 이거야."

이거라는 말과 함께 김미연이 입에 지퍼를 채우는 시늉을 해보였다. 기밀이라는 뜻이다.

최명석의 입에서 장탄식이 흘러나왔다.

"하아! 내가 살아 있기는 한건가요? 모든 게 다 페이크(fake, 거짓된)야. 이러다가 내 인생도 가짜로 판명 나는 거 아닌가 몰라."

"괜찮아. 우리가 알아주잖아~."

김미연이 최명석의 어깨를 다독여 주었다.

"누님, 사랑합니다."

최명석이 능청스럽게 김미연의 품으로 파고들려 했다.

그런 최명석의 얼굴을 김미연이 팔꿈치로 밀어냈다.

"이거 성희롱인거 알지? 200시간 정도 성희롱 예방교육 받아보고 싶냐?"

"누님이 어제 제 엉덩이 때린 건요?"

"그건 체벌이지."

"와아! 여자로 다시 태어나고 싶다, 진짜루!"

최명석의 절규는 '인천국제공항에 착륙한다'는 기장의 안내방송에 묻혔다.

제7화

마신(魔神) 세티쉬 카르나크

뉴욕 록펠러 센터의 GE플라자 회의실.

후안 페르난데스가 곤혹스러운 눈으로 -자신이 치료하고 계승식까지 치러 준- 남자를 바라보았다.

영지(靈知)를 받아 마지막 사도가 된 남자, 장우석이 만질만질한 턱을 쓰다듬으며 후안 페르난데스에게 다시 물었다.

"네가 이곳의 지도자냐고 물었다. 나의 질문이 잘못되었나?"

"지나친 감이 있지만 잘못된 것은 아니오. 그전에 묻겠소. 그대의 질문은 인간 장우석의 것이오? 아니면 뒤늦게 깨어난 루인족의 것이오?"

"너는 나의 정체성을 의심하고 있는 것 같군."

"……."

후안 페르난데스는 가타부타 말하지 않고 남자를 지그시 바라보았다.

온몸이 피처럼 붉은 사람의 정체성을 의심할 이유는 없다. 누가 봐도 그는 보통의 인간이 아니었으니까 말이다. 다만, 그의 정신이 어느 정도나 인간과 동화되었는지 알고 싶었다. 겉모습까지 변했다는 것은 그레이 사도처럼 안착에 성공한 게 아니라는 것을 의미했기 때문이다.

장우석의 얼굴에 짙은 미소가 떠올랐다.

"내가 장담하지. 너는 지금의 행동을 후회하게 될 거야."

"그런 걱정은 하지 않아도 될 거요."

"좋아, 정 그렇다면 못 가르쳐 줄 것도 없지. 나의 고귀한 이름은 세티쉬 카르나크(Setesh Karnak). 나의 이름을 들었으니 그에 합당한 예를 갖추어라."

순간 후안 페르난데스는 저도 모르게 한 걸음 물러섰다. 갑자기 튀어나온 세티쉬 카르나크라는 이름에 놀란 것이다.

"그, 그럴 리가 없다! 그 악마는 죽었다!"

남자의 입술이 가볍게 뒤틀렸다.

"후후, 죽었다고? 아니, 나는 단지 마탑의 지하 감옥에 갇혀 있었을 뿐이다."

"뭐라고?"

후안 페르난데스는 쉽게 믿으려 하지 않았다. 세상에 세티쉬 카르나크를 가둘 수 있는 사람이 있을 리가 없지 않은가!

"세티쉬 카르나크가 감옥에 있었다는 말을 믿으란 말이냐!"

"너의 믿음에는 관심이 없다. 너의 믿음과 내가 세티쉬 카르나크인 것은 전혀 별개의 문제이니까. 하지만 알아 둬라. 나 세티쉬 카르나크에 대한 무례는…… 아무리 네가 나의 은인이라고 해도 용서받을 수 없는 중죄라는 것을 말이다."

"……."

후안 페르난데스의 얼굴이 참혹하게 일그러졌다. 자칭 세티쉬 카르나크라고 주장하는 남자의 몸에서 어마어마한 양의 마력(魔力)이 방출되었기 때문이다.

'그래도 세티쉬 카르나크라니?'

그는 처음이자 마지막으로 마왕 암몬과 결합한 마법사다. 루인족 마법사들은 세티쉬 카르나크에 의해 루인족이 멸종할 것이라고 공공연히 말했었다. 물론 훗날 실제로 세상의 모든 종족을 멸망시킨 것은 엘이었지만 말이다.

"당신이 정말 세티쉬 카르나크라면…… 감옥에 있을 이유가 없지 않소."

세티쉬 카르나크를 감옥에 가둘 수 있는 마법사란 애초에 존재하지도 않았다. 그러니 쉽게 받아들일 수 없는 이야기였다.

"내가 감옥에 들어간 것은 리프 카이트린과의 거래 때문이다."

"리프 카이트린……."

후안 페르난데스는 갑작스럽게 언급된 스승의 이름에 당혹감을 감추지 못했다.

"그래, 리프 카이트린, 그 늙은이의 출세욕과 나의 필요가 맞아떨어졌던 것뿐이다."

그제야 후안 페르난데스의 얼굴이 복잡하게 일그러졌다.

그러고 보니 리프 카이트린의 시대에는 세티쉬 카르나크가 활동하지 않았다. 심지어 마탑의 몇몇 원로들은 '트라이어드가 세티쉬 카르나크를 봉인했다' 고 떠들어대기까지 했다.

'그런데 그게 모종의 거래였다니…….'

자신의 스승인 리프 카이트린은 저 악마와 무슨 거래를 한 것일까?

참지 못한 후안 페르난데스가 입을 열었다.

"당신이 말한 리프 카이트린은 나의 스승이시오. 그분께서 당신과 무슨 거래를 했다는 거요?"

"후후, 네가 나를 깨웠다는 걸 알았을 때 그럴 거라고 생각했다. 나에게 무례를 저지르고도 아직 살아 있는 것 역시 그런 이유 때문이지."

"……."

후안 페르난데스는 모멸감을 느꼈지만 당장 손을 쓰지는 않았다. 승리의 확신도 없었지만, 자신이 모르는 전대(前代)의 비사(秘史)를 더 알아내고 싶어서다.

"내가 원한 것은 리프 카이트린이 제작한 마력의 크리스털이었다. 나는 머지않아 세상이 멸망당할 거라는 걸 알고 있었거든."

"당신이 엘의 심판을 어떻게?"

엘의 심판은 세티쉬 카르나크가 잠적한 뒤로 삼십 년쯤 후에 일어난 일이었다. 세티쉬 카르나크는 그걸 어떻게 알 수 있었던 것일까?

"후후, 내가 누군지 벌써 잊었느냐? 나는 마왕 암몬과 한 몸을 이룬 자이다. 이런 나에게 미래를 예측하는 일쯤은 아무것도 아니지."

"으음……."

후안 페르난데스의 입에서 묵직한 침음성이 흘러나왔다. 자신의 손으로 세티쉬 카르나크를 되살려냈다고 생각하니 마음이 무거웠던 것이다.

'그런데 스승은 왜 저런 악마가 크리스털에 잠들어 있다는 걸 가르쳐 주지 않았을까? 그랬다면 그를 살려내지 않았을 텐데.'

"……그러니까 리프 카이트린은 나의 자유와 자신의 크리스털을 교환한 거다. 그는 어리석게도 다음 세대에 세상이 멸망당할 거라는 것을 알지 못했거든."

"스승께서는 영생(永生)에 대한 욕심이 없으셨소. 마지막까지 그분은 자신이 너무 오래 살았다고 한탄하셨을 정도였소."

"그런가? 그렇다면 그건 늙은이의 망령 같은 것이었을 것이다.

여하튼 그것이 우리의 거래였다. 이제는 나의 질문에 답해라. 네가 이곳의 지도자냐?"

후안 페르난데스는 인상을 찡그렸지만, 선선히 답했다.

"그렇소. 12사도의 지도자는 바로 나요."

"오호라! 그럼, 네가 이 세상의 지배자라는 말이로구나. 후안 페르난데스라고 했던가? 푸하핫!"

"……."

후안 페르난데스는 깊은 눈으로 세티쉬 카르나크를 바라만 보았다.

그의 말은 반은 맞고 반은 틀린 것이었다. 자신은 이 세상을 움직이는 사람이지만 지배한 적은 없다.

"그런데 너희들은 내가 누구인지 알면서도 여전히 경배하지 않는구나."

세티쉬 카르나크가 후안 페르난데스와 그레이 사도를 번갈아 바라보았다.

아무도 입을 열지 않았다.

…….

후안 페르난데스가 애매한 표정으로 세티쉬 카르나크를 바라보았다.

마법을 배우던 당시 그의 저주받은 흑마법은 귀가 따갑게 들었지만, 그와는 한 번도 대면한 적이 없었다. 그의 능력이 어떤지 알지 못하니, 경배라는 말을 듣고도 한 귀로 흘려버릴 수 있었다.

그것은 한때 인간 장우석과 연인 관계였던 그레이 사도에게도 마찬가지다. 아니, 오히려 그레이 사도는 의미심장한 눈으로 세티쉬 카르나크를 바라보기까지 했다.

두 사람의 태도에 세티쉬 카르나크가 알았다는 듯 고개를 끄덕였다.

"그런가……."

뜻밖에도 세티쉬 카르나크는 화를 내지 않았다. 자신의 입으로 '예의'와 '경배'에 대해 지적했으면서도 말이다.

"후안 페르난데스, 너의 죄를 사해 주겠다. 그러나……."

세티쉬 카르나크가 손을 뻗어 장난처럼 허공을 움켜쥐었다.

"크헉!"

답답한 신음과 함께 후안 페르난데스의 몸이 허공으로 떠올랐다. 마치 보이지 않는 누군가가 그의 목울대를 움켜쥔 것처럼 보였다.

잠시 후 후안 페르난데스의 입가로 침이 줄줄 흘러내렸다.

"너의 무례에도 불구하고 용서해 주는 것은 단지 그것이 나의 뜻이기 때문이다. 설사 네가 트라이어드의 마스터라고 해도 너는 그저 불쌍한 루인족일 뿐이다. 신과 합일한 나에게 루인족 따위의 마법으로 도전하려고 하다니…… 쯧쯧! 너의 스승인 리프 카이트린도 감히 나를 똑바로 바라보지 못했다."

세티쉬 카르나크가 가볍게 손을 흔들었다.

철퍼덕.

후안페르난데스의 몸이 거칠게 내던져 졌다.

그 상태에서 세티쉬 카르나크가 고개를 돌렸다.

그리고 그레이 사도를 향해 물었다.

"사이먼, 너와 나는 재미있는 짓을 했더군."

"지금은 그레이 사도일 뿐이다."

그레이 사도는 12사도회의 의장이자 주인인 후안 페르난데스가 정신을 잃고 쓰러진 상황에서도 담담했다.

"그래, 그레이 사도. 리프 카이트린이 만든 열두 개의 크리스털은 모두 활성화되었나?"

"당신이 마지막 열두 번째였다."

"그렇군. 그레이라고 해야 하나? 아니면 사이먼이라고 해야 하나?"

"이왕이면 그레이 사도라고 불러 줬으면 좋겠군."

"후후, 그레이 사도라…… 놀랍군. 나는 왜 너와 같은 존재가 있었다는 걸 몰랐지?"

"글쎄, 인간의 언어로 하면…… 세상은 넓으니까."

"놀랍군, 놀라워. 나의 마력장 속에서 아무렇지도 않게 서 있는 존재라니! 그런데 왜 너에게서 익숙한 냄새가 나는 거지?"

"인간의 기억이 영향을 미쳐서일지도 모르지."

"아니야, 인간 따위의 기억이 나에게 이런 느낌을 줄 수는 없다고. 너는 인간이나 루인족보다 더 대단한 존재야. 누구지 너는?"

"나는 그레이 사도다."

"뭐, 말하기 싫으면 관두라고. 너에게 그 정도의 자격은 있는 것 같으니 용서해 주지."

"고맙군."

"너는 언제 깨어난 거지?"

"오 년쯤 된 것 같군."

"좋아, 썩 만족스럽지는 않지만…… 그래도 후안 페르난데스가 무슨 일을 꾸미고 있던 중인지 정도는 알고 있겠지?"

"알아 봤자 별 감흥도 없을 거다. 그는 그저 존재하는 것 이상의 일은 하지 않았으니까."

"그냥 사는데 집중했다는 말인가?"

"그래, 그의 스승처럼 인간사를 지켜보고 참견하는 것을 즐겼지."

"오호, 너는 그의 스승도 알고 있었나?"

세티쉬 카르나크가 묘한 눈으로 그레이 사도를 바라보았다. 리프 카이트린까지 알고 있다면 자신과 비슷한 시대이거나, 전대의 존재일 수도 있었다.

"그러고 보니 너도 인간이라고 하기는 어려운 모습이군."

"그래, 사도들은 이런 나를 보고 안착에 실패한 경우라고 말하더군.”

“푸훗! 나까지 속일 생각은 하지 마라. 그건 마력을 감당하지 못해서 육체가 변형된 것일 뿐이다. 마왕과 합일한 나처럼 말이지.”

“그래서, 당신은 이제 무엇을 할 생각이지?”

“나? 으흐흐, 멸망을 앞둔 세대에 다시 깨어난 내가 무얼 할 수 있다고?”

“당신은 정말 인간의 시대가 다시 멸망할 거라고 생각하나?”

“생각하느냐고? 푸하핫! 반드시라고 해도 좋을 만큼 멸망은 확정되어 있다라고 내 속의 암몬이 말하는군.”

“역시 엘의 심판 때문인가?”

“너는 뭘 알고 있는 눈치로군. 어째서 엘의 심판이라고 자신 있게 말할 수 있는 거지?”

“뒤늦게 라크리마를 알아봤으니까.”

“역시, 나를 죽이려고 했던 자가 ‘에르 라크리마(엘의 눈물)’ 인가?”

“그에 대해 기억하고 있었나?”

“물론, 보스턴에서 목이 부러질 때 그의 무표정한 얼굴을 똑똑히 보아 두었다. 다시 만나고 싶지 않은 놈이야. 하지만 복수는 꼭 한다.”

“역시 암몬만큼이나 단순한 자로군.”

"뭐라고! 나에 대해 함부로 말하지 마라! 네가 누구인지 몰라도 용서하지 않는다!"

그레이 사도가 세티쉬 카르나크의 눈을 똑바로 바라보았다.

"그렇다면 잘 새겨들어라. 에르 라크리마를 자극하면, 엘의 심판이 앞당겨질 뿐이다. 세상의 종말이라는 말이다. 그래도 복수 운운할 텐가?"

"푸헐! 웃기는 소리. 네가 뭐라고 해도 그를 향한 나의 복수는 멈추지 않는다."

그레이 사도가 '쯧쯧' 하고 혀를 차며 말했다.

"마음대로 해라. 어차피 지켜보는 나도 중간에서 지겹던 참이다. '아는 만큼 피곤하다' 라고 하는 게 인간의 우스갯소리인 줄 알았는데, 정말 맞는 소리였군."

"흥! 어차피 망할 세상, 그전에 나의 복수를 끝낼 것이다."

"하아! 인간은 정말 예측 불가능한 종족이야."

그렇지 않아도 칙칙하던 그레이 사도의 얼굴이 더 어두워졌다.

"루인족의 천재 마법사와 마왕조차 인간의 감정을 다스리지 못하다니…… 이토록 연약한 몸에 블랙홀 같이 모든 걸 빨아들이는 강력한 감정을 담았다? 허허, 인간을 창조한 존재가 누군지는 몰라도 분명 제정신은 아니었을 거야."

세티쉬 카르나크는 불쾌한 표정을 감추지 못했다.

"그건 네가 잘못 안 것이다. 루인족 천재 마법사와 마왕의 자존심이 그놈을 용납하지 못하는 거니까."

"정말 놀라워. 그렇게 앞뒤를 섞어서 본말을 흐리는 것도 인간의 능력이지."

"닥쳐! 인간 따위의 감정은 나에게 아무런 영향도 미치지 못한다! 나는 불멸의 세티쉬 카르나크다!"

"그래도 인간이 사라진다면 너 역시도 사라질 테지. 그렇지 않은가?"

"……."

"아니지, 그전에 후안 페르난데스가 죽는다면 너 역시 짧은 인생을 끝으로 사라지고 말거다."

"……."

세티쉬 카르나크는 속으로 이를 갈았지만 반박하지 못했다. 확실히 인간의 몸과 루인족의 마법사 후안 페르난데스가 없다면, 그도 오랜 시간 존재할 수 없기 때문이다.

그레이 사도가 굳은 표정으로 다시 말했다.

"말처럼 불멸하고 싶다면, 라크리마가 눈물을 흘리게 만들지 마라. 그가 진짜 에르 라크리마가 되는 순간, 엘의 심판이 다시 시작될 테니까."

"흥! 고작 크라노시안 따위에게 그런 능력이 있을 리가 없지 않은가!"

순간 그레이 사도가 버럭 소리를 내질렀다.

"장우석! 정신 차려라! 쓸데없는 복수심을 버리란 말이다! 내가 네놈을 살려 준 걸 후회하게 만들지 마라!"

얼떨결에 듣고 있던 세티쉬 카르나크가 피식 웃으며 돌아섰다.

"지금까지 내가 들은 말 중에 가장 기분 나쁜 소리로군. 아직도 장우석이라니…… 다시 말하지만 나는 마신(魔神) 세티쉬 카르나크다."

"마신이면 마신답게 굴란 말이다!"

세티쉬 카르나크가 서서히 몸을 돌렸다.

그레이 사도를 향하는 세티쉬 카르나크의 두 눈에서 붉은 빛이 줄기줄기 뻗어 나왔다.

"마지막 경고다. 나를 모욕하면 죽는다."

붉은 빛이 지나치는 자리마다 열기를 견디지 못하고 녹아내렸다.

그러나 믿을 수 없게도 그레이 사도는 그 붉은 빛을 담담히 받아들이고 있었다.

"후후, 어쩔 수 없군. 그것이 창조자의 뜻이라면…… 받아들일 밖에……."

말과 함께 그레이 사도의 몸이 점점 흐려져 갔다.

그레이 사도가 사라진 빈자리를 응시하던 세티쉬 카르나크가 이해할 수 없다는 얼굴로 중얼거렸다.

"저놈, 대체 누구지?"

인간의 마음과 루인족의 영혼이 같이 느껴진다. 그런데 마신인 자신의 영향도 받지 않는다. 어떻게 그런 일이 일어날 수 있단 말인가?

"복수라……."

세티쉬 카르나크는 잠시 고민했다.

그것이 누구를 위한 것인지를…….

하지만 결론을 내리는 것은 그다지 어렵지 않았다. 남자의 얼굴을 떠올리는 것만으로도 피가 부글부글 끓어올랐던 것이다.

*　　*　　*

인천국제공항, 월요일 오후 5시.

강유진 일행을 태운 차량이 정지선 앞에 잠시 정차했을 때다.

H사의 검은색 세단이 뒤에 붙어 상향등을 깜빡였다.

"형님, 누가 뒤에 붙었는데, 어떻게 할까요?"

운전을 하던 최명석이 룸미러로 강유진을 힐끔 바라보았다. 이 중에 최고 연장자가 강유진인지라 그의 뜻을 묻지 않을 수 없었던 것이다.

"그래? 설마 마중 나온 건 아니겠지?"

"음, 그렇게 눈에 띄는 일을 할 리가 없겠죠?"

"일단 왜 그러는지 제가 확인해 보겠습니다."

결국 최명석이 차에서 내렸다. 강유진의 얼굴을 내보인다거나 여자인 김미연이 나서기 애매한 상황이었던 것이다.

최명석이 다가가자 세단에서 여자가 내렸다.

“실례지만 누구신지요? 우리에게 무슨 볼일이 있으신가요?”

최명석은 최대한 정중하게 물었다.

LA에서 인천공항에 도착한 시간까지 알고 있는 사람들이다. 그런 상대니 자신들의 정체도 알 것이다. 국정원 직원들의 차를 세울 정도의 사람들이라고 생각하니 절로 긴장이 됐다.

“안녕하세요? 저는 강유진 씨의 동문인 정유미라고 해요. 지금은 자민당의 대표인 박창섭 의원님의 정무수석 일을 하고 있어요.”

최명석이 복잡한 표정으로 정유미라는 여자를 바라보았다. 자민당의 박창섭 의원이라면 유력한 차기 대통령감 가운데 한 사람이다. 그런 사람의 정무수석이라면 어지간한 국회의원보다 더한 위치의 사람이라고 할 수 있었다.

“아, 네. 그런데 왜…….”

정유미가 별일 아니라는 듯 방긋 웃었다.

“개인적으로 강유진 씨와 꼭 만나야 할 일이 있어서요. 정말 어렵게 수소문해서 이 자리까지 왔답니다.”

“아, 네, 형님의 동문이시라니 가서 여쭤 보겠습니다.”

돌아서던 최명석의 눈이 휘둥그렇게 떠졌다. 차에 남아 있던 강유진이 다가오고 있었던 것이다.

"형님?"

"응, 아는 후배야. 잠깐 얘기 좀 해 볼게."

강유진이 어색한 표정으로 정유미를 바라보았다.

"……오랜만이다."

"선배, 시간 좀 내줄 수 있어요?"

선배라는 소리에 강유진은 가슴이 찡해졌다.

돌아선 강유진이 최명석의 어깨를 가볍게 쳤다.

"명석아, 먼저 가라. 난 후배와 얘기 좀 하고 가야겠다."

"네, 형님, 그럼 나중에 전화 드릴게요."

"그래, 고마웠다. 조만간 내가 한턱내마."

"흐흐, 나이트, O · K?"

"지겹지도 않냐? 그놈의 나이트는…… 솔직히 나는 카바레 같은 데 갈 나이라고."

"저는 카바레로 원정 뛸 마음의 준비도 다 돼있어요."

"얌마, 나중에 얘기하자."

"넵, 그럼 나중에 또 봬요! 정무수석님도 좋은 시간 되시기 바랍니다."

최명석이 정유미에게 꾸벅 인사를 해 보였다.

정유미도 그런 최명석을 향해 가볍게 고개를 숙였다.

멀어져 가는 최명석의 뒷모습을 보던 정유미가 중얼거렸다.

"누구랑 많이 닮은 사람이네."
"누구?"
"태영이."
"그러고 보니 닮은 것 같네."
문득 십여 년 전 함께 학생운동을 하던 후배 김태영의 얼굴이 떠올랐다. 고문으로 불구가 되기 전의 김태영은 확실히 최명석을 닮았었다.
"내 차로 가요."
말과 함께 정유미가 앞장섰다.
강유진은 비상등을 켜고 있는 세단의 조수석에 올라탔다.
검정색 세단이 천천히 움직이기 시작했다.

세단은 동춘터널 옆의 언덕에 이르러 멈춰 섰다.
정유미가 차의 시동을 끄고 밖으로 나갔다.
"선배, 여기 야경(夜景)이 좋아요. 아직은 환해서 그저 그렇지만."
"그래? 저 다리가 관전 포인트인가?"
강유진이 멀리 보이는 인천대교를 가리켰다.
"맞아요. 늦은 밤에 보면 정말 환상적이라니까요."
"좋을 것 같기는 하다."
물론 인사치레의 말일 뿐이다. 강유진은 지금까지 경치와는 담을 쌓고 살았다. 관심도 없지만, 그걸 즐길 만큼 여유 있게 산 것도 아니었다.

정유미가 강유진에게로 시선을 돌렸다.

"선배, 그런데 어쩌면 그렇게 안 변했어요?"

"동안일 뿐이야. 속은 충분히 썩었을 거야."

"후훗, 그건 아닌 거 같아요. 국회의원들과 함께 지내다 보니 속이 썩은 것에 대해서 만큼은 확실히 알 수 있게 되더라고요."

"국회의원?"

"네, 의원 보좌관이자 정무수석이나 된다고요."

"와아! 정말? 그 복받은 의원이 누구야?"

"자민당의 박창섭 의원요."

"……."

한순간 대화가 끊겼다.

한참 만에 강유진이 다시 입을 열었다.

"박 의원과 나의 관계에 대해서 알고 온 거냐?"

"네."

"그렇군, 박 의원은 왜 그랬데?"

"뭐가요?"

"그렇게 행동한 박 의원의 입장이라는 것도 있을 거 아냐? 나도 그렇지만, 원래 인간은 누구나 자기에게 유리한 쪽으로 해석하고 말하잖아. 나는 박 의원의 생각이 궁금했어."

정유미는 박 의원이 오래전에 살인 교사를 했다는 것을 모른다. 당연히 강유진이 무슨 말을 하는지 이해하지 못했다.

"무엇에 대한 생각요?"

"뭐라니? 작년 크리스마스에, 삼합회의 킬러를 고용해서 내 가슴에 구멍을 낸 사람이 박 의원이잖아. 덕분에 서울대학병원 중환자실 신세까지 졌구만. 몇 주 전에도 총질을 당했는데…… 그것 때문에 내가 얼마나 내사를 받았는지 넌 모를거야."

"선배, 전 정말 처음 듣는 말이에요."

"그럼 넌 왜 왔는데?"

뜻밖의 사실에 놀란 정유미는 박창섭 의원에게 들은 말을 가감없이 전했다. 강유진과 자신을 위해서는 정직이 최선이었다.

"그래? 참 뻔뻔한 인간이야."

"좀 그런 면이 있죠."

강유진이 의미심장한 눈으로 정유미를 바라보았다.

"너, 그 인간의 치부에 대해 꽤나 알고 있다는 표정이다?"

"비밀 없는 인간은 없으니까요."

"그래? 하지만 그 집안의 인간들이 저지른 일은 단순한 비밀이라기보다, 범죄야."

"나도 최 의원의 아들이 무슨 짓을 했는지는 알아요."

"의외로 담담하다?"

강유진이 놀란 눈으로 정유미를 힐끗 바라보았다.

기억 속의 정유미와 현실의 정유미가 너무 달라서 적응이 되지 않았다. 과거의 정유미는 아주 작은 불의(不義)에도 파르르 떨던 순백의 여전사였다.

"어른이잖아요. 살면서 그보다 더한 일도 많이 봤어요."

"부잣집 아들들이 가난한 청년을 '묻지 마 살인' 한 것과, 그걸 덮으려고 부잣집 아버지들이 청부 살인하는 일보다 더한 일이 많다고?"

"네."

"놀랍군."

"거의 매주 쇼킹한 사건이 일어나는 나라잖아요. 그나저나 선배를 없애려고 야쿠자들이 입국한 건 알고 계시죠?"

"응, 한 차례 총질까지 당했으니까."

"선배가 죽을 때까지 계속될 거예요."

"그럴지도."

"선배가 더 이상 일을 벌이지 않는다면, 내가 박 의원의 아들을 자수하게 만들 수도 있어요."

"살인 교사를 한 박 의원은?"

"박 의원은 한국의 발전을 위해서 꼭 필요한 사람이에요. 선배와 관계된 일이니…… 용서해 줬으면 해요."

"내가 죽지 않았으니까 박 의원은 없던 일로 해 달라는 소리로 들린다?"

"……네, 솔직히 선배를 위해서도 그편이 좋을 거예요. 끝까지 박 의원을 목표로 하면 선배만 위험해지니까요."

"혹시 그게…… 네가 배운 정치냐?"

"그래요, 왜요?"

정유미가 도발적인 눈으로 강유진을 바라보았다. 이렇게 추잡한 타협밖에 배우질 못했다. 그래서 이제 와 어쩌란 말인가?

강유진이 그런 정유미를 보며 말했다.

"알고 있냐? 그때의 너는 참 빛이 났었다."

"선배, 우리와 같은 사람들에게 옛날 얘기는 금기(禁忌)가 아닌가요?"

"나도 그렇게 생각했었는데 요즘은 좀 달라질까 해."

"왜죠?"

"우리만 금기로 하는 건 좀 억울하잖아. 대부분의 운동권이 투쟁을 위해 감옥에 들락거리고, 손가락도 잘랐지만…… 나중에는 타도하자던 대상의 비자금을 나누어 쓰고, 심지어 그들과 똑같이 욕먹을 짓을 하면서 과거에 학생운동 한 걸 광고하고 다니잖아. 그에 비하면 우리의 추억은 정말 아름다운 거라고."

"나이가 들면 뻔뻔해진다고 하더니…… 선배도 그렇게 변해 가는 군요. 나는 우리가 과거의 일을 논할 자격이 없다고 생각해요. 과거의 우리는 이미 죽었으니까."

죽었다고 말하는 정유미의 표정은 비장하기까지 했다.

"오해하지 마. 정치꾼들처럼 과거의 한때를 우려먹고 싶은 게 아니라, 좋았던 것을 좋았다고 말해 주고 싶은 것뿐이니까. 그때의 너에게서는 정말 광채가 났었다고."

"부질없는 소리에요."

"진짜 부질없는 소리를 해 줄까? 이제야 말이지만 내가 변절한 건…… 너만큼의 진정성이 나에게 없다는 걸 깨달았기 때문이야. 그 당시의 나에게 학생운동은 낭만에 불과했어. 아름다웠다고 추억할 수 있는 것도 그 때문인지 모르지. 너와 다른 녀석들과 달리 나는…… 모든 것을 걸지 않았으니까."

"옛날 얘기는 그만해요. 의미도 없고, 듣고 싶지도 않아요."

그러면서도 정유미는 강유진이 부러웠다. 자신은 여전히 과거의 사슬에 매여 있는데, 강유진은 모든 걸 훨훨 벗어 버린 모습이었다. 언제나 앞서 나가던 선배다운 말과 행동이다. 하지만 아무리 그것이 좋아 보여도, 자신은 그런 선배의 뒤를 더 이상 쫓을 수 없다.

"선배, 박 의원과 적당한 선에서 타협을 하세요."

하지만 강유진은 엉뚱한 제안을 했다.

"유미야, 오랜만에 저녁이나 먹으러 가자."

"박 의원은요?"

"배고프니까 밥부터 먹자."

"알았어요."

정유미는 일단은 강유진의 말에 따르기로 했다. 강유진처럼 허기져서가 아니라, 추억과 편하게 마주하고 싶어서였다.

두 사람은 휴대전화로 인천의 맛집을 검색했다. 다행히 몇 킬로 떨어지지 않은 곳에 유명한 조개구이집의 정보가 있었다.

조개구이집에서 저녁 식사를 마칠 때까지 두 사람은 약속이라도 한 듯 박 의원의 이야기를 하지 않았다.

식당에서 나와 분위기 좋아 보이는 커피숍에서 커피를 마시고, 다시 서울로 올라갈 때까지도 두 사람은 어울려 다니던 동문의 근황에 대한 이야기로 시간을 보냈다.

그리고 저녁 9시쯤, 두 사람은 서울로 올라갔다.

정유미의 검정색 세단이 영등포 근처를 지날 즈음이다. 묵묵히 차창 밖을 내다보고 있던 강유진이 갑자기 생각났다는 듯 말했다.

"아! 가까운 지하철역에 내려 줘."

"왜요? 혼자 사신다면서요? 집까지 태워다 줄게요. 동네가 어디에요?"

"아니야. 그냥 지하철 타고 갈게. 들러 볼 곳이 있어서 그래."

"그래요? 그럼 그렇게 하세요."

얼마 뒤 정유미는 영등포역에 차를 세웠다.

잠시 후 차에서 내리려는 강유진을 정유미가 불렀다.

"선배, 그러고 보니 아직 대답을 못 들었네요. 시차에 적응해야 할 테니, 오늘은 쉬면서 생각해 보세요. 다시 연락드릴게요."

강유진의 얼굴에 씁쓰름한 미소가 번져 나갔다.

아무래도 정유미는 포기하지 않을 생각인 것 같다. 그녀가 자신에게 보여주는 선의(善意)를 생각하면 고마운 일이지만, 문제는 가는 길이 다르다는 데 있다.

"나에게 원하는 대답을 듣는 것보다, 박 의원을 자수시키는 게 더 빠를 거야."

"자수를 할 사람이면 야쿠자를 불렀겠어요?"

"빨리 자수하지 않으면 그는 죽어."

"네에?"

뜻밖의 말에 정유미는 자신이 잘못 들었다고 생각했다. 그건 실제로 위협받고 있는 약자의 입에서 나올 소리가 아니었다.

하지만 강유진은 가볍게 손을 흔들어 보이고 사라졌다.

혼자 남겨진 정유미는 강유진의 마지막 말이 뭐였는지를 두고 오래도록 고민했다. 자수하지 않으면 어떻게 된다고 한 것 같은데, 중요한 부분에서 자신이 없었다.

* * *

강유진이 지하철역을 고집한 건 말처럼 들러 볼 곳이 있어서가 아니다. 그건 '정유미에게 자신이 사는 곳을 가르쳐 주고 싶지 않다' 는 소극적인 자기방어의 발로였다. 컨설턴트로 알려진 자신의 삶에 정유미가 끼어드는 것 자체는 평범한 일이라고 할 수 있다.

하지만 정유미가 박 의원과 자신을 위해 발 벗고 나선 게 문제였다. 정유미의 신변은 전적으로 박 의원의 예측할 수 없는 마음에 달려 있다. 그러니 정유미를 보호하기 위해서라도 자신에 대한 정보는 최대한 차단할 필요가 있었다. '정유미를 고문해도 자신에 대해 알 수 있는 게 거의 없다' 는 걸 박 의원이 알고 있어야 하기 때문이다.

얼떨결에 지하철을 탄 강유진은 벽에 붙어 있는 지하철 노선도를 보며 집으로 갈지, 정말 들를 만한 곳이 있는지를 생각했다.

문득 시계를 보니 9시 30분이었다.

사실 자신이 갈 만한 곳은 그렇게 많지 않았다.

고작해야 일하던 미술관이나, 합기도 체육관, 신천지 커피숍이 전부다. 그런 곳에나 가야 아는 사람을 만날 수가 있다. 그 이외의 사람들에게 자신은 있으나 마나한 존재였다. 친척은 물론, 아무 때나 찾아갈 만한 친구도 없었다. 탑골에서 나와 새로운 인생을 살아갈 즈음 알게 된 사람이 전부였다.

'미술관은 닫았을 시간이고, 커피숍은 김연하 씨가 알바를 나왔는지 아닌지 모르니 패스…….'

결국 지금 시간에 부담 없이 갈 만한 곳은 체육관뿐이었다.

그러고 보니 한동안 체육관 출입이 뜸했다. 연수를 핑계로 주말에만 가끔 들르다 보니 그렇게 된 것이다.

'오랜만에 관장님 얼굴이나 보러 가야겠다.'

피곤했지만 당장 쓰러져 자고 싶은 정도는 아니었다. 오히려 정유미를 걱정하느라 신경이 곤두서 잠은 멀리 달아난 상태였다.

체육관 안으로 들어가자마자 박필용 관장이 특유의 소란스러움으로 요란을 떨었다.

"아니! 이게 누구셔! 우리 체육관 개관 이래 최고 고수께서, 주말도 아닌 평일에 다 나오셨네요?"

운동을 하고 있던 다섯 명의 성인 관원들이 '개관이래 최고 고수' 라는 말에 일제히 고개를 돌렸다. 박필용 관장이 체육관을 개관한지 오 년밖에 안 됐다는 걸 알면 그렇게 놀라지도 않았을 텐데, 역사를 모르니 대단한 사람이 왔다고 생각한 모양이었다.

"에이, 관장님 왜 그러세요."

강유진이 손사래를 치며 신발을 벗었다.

잠시 후 도복으로 갈아입고 나온 강유진은 이지인에게 먼저 눈인사를 보냈다.

박필용 관장이 그런 강유진을 가리키며 말했다.

"여러분, 이쪽이 전에 말한 강유진 씨입니다. 그리고 강유진 씨, 여기 네 분은 이번 주에 새로 등록한 분들입니다. 서로 인사하세요."

강유진이 남자들에게 고개를 꾸벅 숙여 보였다.

강유진과 신입 관원들의 통성명이 끝나자, 박필용 관장이 박수를 치며 말했다.

"자자! 인사는 거기까지 하시고, 이제부터 연속기를 배워 봅시다. 연속기란……."

10시가 되자 운동은 끝이 났다.

탈의실에서 나온 강유진을 박필용 관장이 관장실로 불렀다.

"관장님, 무슨 일로?"

"아, 강유진 씨, 정말 잘 왔어요. 요즘 아주 난감하던 참이야."

"왜요?"

박필용 관장이 창문 밖을 슬쩍 가리켜 보였다.

"신입들 보이죠?"

"네."

"지인 씨에게 너무 달라붙어."

"아……."

강유진은 다시 남자들을 살폈다.

다른 사람들은 돌아갔는지 보이지 않았다.

하지만 두 남자가 남아 이지인의 곁에서 뭐라고 열심히 말을 거는 것 같았다.

곤란한 표정으로 시선을 돌리던 이지인과 강유진의 눈이 마주쳤다.

강유진은 저도 모르게 손을 흔들어 보였다.

순간 이지인이 활짝 웃으며 관장실 쪽으로 다가왔다.

남자들을 살펴보고 있는 강유진의 귓가로 박필용 관장의 말이 들려왔다.

"강유진 씨는 여자에게 들이밀고 그러는 거 없잖아요? 이지인 씨 옆에 이상한 남자들 안 꼬이게 해 봐요. 매일 밤 내가 피곤해."

"예? 그냥 관장님이 한 소리 하면 될 것 같은데요?"

"꽃을 보고 나비가 몰려드는 게 죄는 아니잖아요. 동기가 좀 불순해도 내가 가르쳐야 하는 사람들이기도 하고. 관장이 뭐라고 주의를 주는 것보다, 같은 관원들끼리 정리하는 게 좋을 거라고 생각해요. 나한테 기분 나쁘면 운동하러 안 나올 수도 있으니까."

"아하! 이지인 씨 때문에 온 사람들이에요?"

"지난달에 이지인 씨가 업어치기 하는 사진으로 전단지를 제작해서 좀 돌렸거든요. 그 뒤로 성인반에 남자가 제법 늘었어요."

"아하하……."

강유진이 허탈하게 웃었다.

똑똑.

누군가 조심스럽게 문을 두드렸다.

박필용 관장도 누가 왔는지 안다는 얼굴로 강유진의 어깨를 툭 툭 쳤다.

"이지인 씨일 거예요. 오늘 좀 바래다주세요."

"그러죠."

이지인이 문을 열고 들어왔다.

기다렸다는 듯 박필용 관장이 넉살좋게 웃으며 말했다.

"하하하! 이지인 씨, 오늘은 저 대신 강유진 씨가 모셔다 드리겠답니다."

"감사합니다."

이지인이 강유진에게 머리를 숙였다.

눈치가 빠른 강유진은 쓸데없이 몸을 빼지 않았다.

"에이, 감사는요. 제가 더 영광이죠. 가실까요?"

"네에."

이지인의 얼굴이 밝아졌다.

박필용 관장이 이지인에게 눈을 찡끗해 보였다.

이지인은 그런 박필용 관장을 향해 허리까지 굽히며 정중한 인사를 올렸다. 우악스러워 보이는 외모와 달리 섬세하게 마음 써주는 박필용 관장이 고마웠던 것이다.

제8화

함께 운동하는 사람

강유진과 이지인, 그리고 남자 두 사람이 체육관을 나선 시간은 밤 10시 20분쯤이다.

강유진은 체육관을 나서고 나서야 남자들과 이지인이 같은 동네라는 것을 알았다. 물론 남자들이 체육관 앞에서 변명처럼 한 말을 통해서다.

강유진은 그냥 웃기만 했다.

실제로 같은 동네든 아니든 자신에게는 별 상관이 없었기 때문이다.

하지만 남자들은 그렇지 않은 모양이다.

"강유진 씨도 집이 이쪽이신가요?"

강유진이 헌칠한 키의 남자를 힐끔 바라보았다. 최찬우, 서른

한 살의 남자다. 연속기를 연습할 때 삼송그룹에 다닌다고 했었다.

"아뇨, 저는 버스로 두 정거장 정도 가야 합니다."

"아, 이 근처가 아니시구나."

또 다른 남자 김극진이 지나가는 투로 말했다.

"늦었는데, 빨리 가셔야겠다."

하지만 강유진은 아무렇지도 않은 표정으로 답했다.

"뭐, 독신이라 집에서 기다리는 사람도 없습니다. 가서 TV를 보는 것보다는 아는 사람들과 시간 보내는 게 더 낫죠."

"……."

최찬우와 김극진은 아무 말도 하지 않았다.

이지인은 보란 듯이 강유진의 곁에 바싹 붙었다.

강유진은 그런 이지인이 조금 부담스러웠지만 내색하지 않았다. 내성적인 이지인이 그럴 때는 나름의 이유가 있을 거라고 생각한 것이다.

이지인의 집 근처로 생각되는 골목 어귀에서 최찬우와 김극진은 서로를 힐끔 바라보았다. 항상 이곳에서 이지인이 작별 인사를 했기 때문이다. 그런데 지금의 이지인은 작별 인사를 할 생각이 없어 보인다. 오늘은 조금 더 갈 생각인가?

강유진은 당연하다는 듯 망설이지 않고 성큼성큼 걸었다.

이지인이 강유진에게만 들릴 정도로 작게 말했다.

"요즘은 아빠가 집 앞에서 기다리세요."

"아하! 예쁜 딸이 늦게 들어오니까 걱정이 돼서 그러는 거죠. 운동 시간을 좀 앞으로 당기지 그러세요?"

이지인이 왜 밤 9시에 운동을 하러 가는지 모르는 강유진으로서는 당연한 말이었다.

이지인은 그냥 걷기만 했다.

거대한 강철대문 앞에 서 있던 오십 대 후반의 남자가 성큼 성큼 다가왔다. 집 앞에서 기다린다던 이지인의 아빠이리라.

강유진의 걸음이 느려졌다.

남자에게 다가가던 이지인이 갑자기 몸을 돌렸다.

"아빠, 함께 운동하는 강유진 씨에요."

딸의 갑작스러운 소개에 이정민이 강유진을 유심히 바라보았다. 이제 이십 대 중후반으로 보이는, 상당히 단정한 얼굴이다. 잘생겼다기보다는 반듯하다는 표현이 더 정확하리라.

"어이쿠! 집까지 데려다 줘서 감사합니다. 이 녀석 아빠 되는 사람입니다."

"별말씀을요, 강유진이라고 합니다."

강유진의 담담한 인사에 이정민은 묘한 표정이었다. 지금까지 딸이 남자를 소개한 적은 없었다. 어떤 명목으로건 처음 소개받는 남자였다. 딸이 마음에 두고 있는 남자일 확률이 높았다. 그런데 남자는 아무렇지도 않는 얼굴이었다.

"이정민입니다."

딸을 가진 게 죄다. 이정민은 오밤중에 처음 만나는 젊은이에게 자신의 이름까지 밝히며 악수를 청해야 했다.

"아, 네."

강유진이 이정민의 손을 가볍게 잡았다.

강유진과 인사를 마친 이정민이 다시 딸에게 시선을 돌렸다. 아직 뒤쪽에 남아 있는 두 남자가 보였기 때문이다.

이지인이 이정민의 손을 잡아끌었다.

"이 시간에 같이 운동하는 분들이에요."

이정민이 알았다는 듯 고개를 끄덕였다.

같이 운동하는 분들이란다. 이름도 성도 없는, 그냥 같이 운동하는 분들이다.

상황 파악이 끝난 이정민은 남자들에게 형식적으로 인사를 건넸다.

"잘 부탁합니다."

뒤에서 쭈뼛거리고 있던 최찬우과 김극진이 머리를 숙였다.

"강유진 씨, 다음에 식사나 한번 하십시다."

"네? 네……."

이정민이 딸의 손을 잡고 대문 안으로 들어갔다.

왔던 길을 돌아나가는 강유진을 최찬우가 불렀다.

"강유진 씨."

"네?"

"잠깐 시간 좀 낼 수 있나요?"

강유진이 인상을 찡그렸다.

친한 사이도 아니고 벌써 밤 11시가 다 되가는데 시간을 내 달라니?

"지금요?"

"네, 그렇게 오래 걸리지 않을 겁니다."

"그러죠."

최찬우와 김극진은 강유진을 데리고 합기도장에서 멀지 않은 놀이터로 향했다.

정글짐 옆의 넓은 공터에서 최찬우가 단도직입적으로 물었다.

"이지인 씨 좋아합니까?"

"무슨 말인지?"

"강유진 씨가 이지인 씨를 좋아한다면 내가 물러나고, 그렇지 않다면 날 좀 도와줬으면 해서요."

"……."

강유진은 황당한 얼굴로 망설였다.

너무 뜻밖의 제안이라 대답할 말이 떠오르지 않았다. 이지인에게 남자들이 달라붙지 않게 도와 달라는 박필용 관장의 말을 생각하면 그렇다고 해야겠지만, 정말 그게 이지인을 위한 것인지 자신이 없었다. 자신에게 이지인의 애정사에 간섭할 자격이 있을까?

고민은 금방 끝이 났다.

보고 있던 김극진이 짜증난다는 듯 한마디 한 덕분이다.

"찬우야, 여기까지 데리고 와서 뭘 그런 걸 물어봐? 그냥 가까이 하지 말라고 경고하면 되지. 강유진 씨, 송충이는 솔잎을 먹고 살면 됩니다. 아시겠죠?"

"내가 송충입니까?"

"그럼, 당신이 학(鶴)이나 백조라고 생각하십니까?"

"그건 뭐죠?"

"그냥 노는 물이 다르다는 걸 알라는 말입니다. 이지인 씨 같은 여자는 귀족에게나 어울리는 여자에요. 찬우와 같이 운동한다고 당신의 신분까지 같아지는 건 아닙니다."

"어떤 신분인데요?"

김극진이 그런 것도 모르냐는 듯 피식 웃었다.

강유진은 달빛 아래 드러난 하얀 치열이 제법 멋있게 보인다고 생각했다.

그런데, 겉보기에는 멀쩡한 남자들의 머릿속에 왜 저급한 생각이 박혀 있을까? 공교육의 문제일까? 가정교육의 문제일까? 아니면 인간이 원래 천박한 존재라서?

"아나, 결국 이런 얘기까지 하게 만드네. 다른 남자들도 이 얘기 듣고 알아서 머리 숙였으니까, 당신도 잘 생각해 보십쇼. 여기 있는 최찬우는 드림 엔터테인먼트의 사장이에요. 무슨 말이지 아시겠죠? 삼송그룹의 삼남이라는 말입니다."

삼송그룹이라면 재계 서열 백 위 안에 꾸준히 들어가는 유명한 그룹이고, 드림 엔터테인먼트는 요즘 반짝 뜨고 있는 연예기획사다. 한마디로 '너 같은 평민과 다르게 잘나가는 집안이니 분수를 알고 그만 물러나라' 는 것이다.

"그렇군요. 두 분 말씀 잘 들었습니다. 지금부터 제가 이지인 씨를 좋아해 볼 테니까, 말한 대로 물러나 주십시오."

"……."

최찬우와 김극진은 멍한 얼굴이다.

손을 떼겠다고 할 줄 알았는데, 좋아한다도 아니라 좋아해 보겠단다. 잠시 후 두 사람은 강유진이 자신들을 놀리고 있다는 것을 깨달았다. 그래도 당장 욕설이나 협박을 하지는 않았다. 희롱을 당했다고 발끈하기에는 상대가 너무 하찮아 보였던 것이다.

최찬우의 고교 동창이자 드림 엔터테인먼트의 기획실장인 김극진이 한 걸음 앞으로 나섰다. 전에 종합격투기를 배웠다고 하더니 몸이 K1(이종격투기) 선수급이다. 김극진에 비하면 강유진은 대학생과 고교생 정도의 체급이었다.

"당신 집안 좋아? 돈이 많아?"

"전혀."

"알고 있나? 합기도 잘한다고 싸움까지 잘하는 건 아니냐."

"그런 소리 많이 들었습니다."

"같은 도장 선배라서 힘으로 하고 싶지는 않은데, 무식하기도 하고 말이야."

"잘 생각했습니다."

김극진이 꼬박꼬박 말대답하는 강유진의 어깨를 손끝으로 쿡 찔렀다.

"일단 형식상 한국이 법치국가라서 주먹을 쓰면 손해지만, 그렇다고 해서 전혀 방법이 없는 것도 아니야."

그 힘에 밀린 강유진이 반걸음 뒤로 밀렸다.

그러면서도 궁금한 건 참지 못했다.

"어떻게?"

"고소 고발의 의지가 들지 않을 정도로 작살을 내놓는 것도 있고, 줘 패고 변호사를 사서 돈으로 무마하는 것도 있지만…… 그것보다 더 깨끗한 건 당신이 사회생활을 하지 못하도록 피를 말리는 거지. 이른바 사회에서 왕따를 시키는 거야."

"재밌군요. 사회에서 왕따라는 건 처음 들어 봅니다만."

"별거 아니야. 당신과 관계가 된 모든 사람들의 앞길을 막는 거지. 사업 관계부터 은행 거래까지. 모두가 당신과의 관계를 회피하도록 말이야."

“영화의 소재로는 그럴듯하군요. 한국에서도 가능한가요?”

김극진이 다시 강유진에게 다가가 어깨를 쿡 찔렀다. 차마 주먹질을 하지 못해 이 정도로 참는다는 기색이 역력했다.

김극진과 같은 체급의 남자가 홧김에 찌르는 것이니 보통 사람의 주먹질보다 강한 충격이다.

비록 아무런 통증도 없었지만, 강유진은 인상을 찡그렸다.

그나마 자신이니까 느낌이 없는 거다. 보통 사람이었으면 뒤로 나뒹굴었을 것이다. 두 번째는 처음과 달리 살기까지 담겨 있었다.

“아프군요. 결국 주먹을 쓰는 건가요?”

김극진이 어이없다는 표정으로 되물었다.

“내가 주먹을 썼으면 당신은 그렇게 서 있지도 못해. 손끝 한 번 닿았다고 폭행당했다고 경찰서 가자는 건가?”

“아, 손끝은 경찰서 안 가도 되는 거구나.”

말과 함께 강유진이 손끝으로 김극진의 어깨를 툭 건드렸다.

“윽!”

김극진이 외마디 신음과 함께 서너 걸음이나 뒤로 물러났다. 아니 물러났다기보다는 넘어지지 않으려고 재빨리 뒷걸음질 쳤다는 표현이 옳았다. 하지만 재앙은 그것으로 끝이 아니었다. 김극진은 왼쪽 팔을 아예 움직일 수조차 없었다.

“너, 너, 이 새끼, 비겁하게 흉기를 써?”

김극진은 강유진이 뭔가를 가지고 찔렀다고 생각했다. 어두워서 볼 수는 없었지만 그게 아니라면 이 정도로 아플 리가 없었다.

김극진의 말에 최찬우가 슬쩍 물러섰다. 강유진이 흉기를 썼다는 말에 긴장한 것이다.

"누가 흉기를 썼다고 그래. 그렇게 말하자면 네 손이 흉기라고."

그제야 최찬우가 김극진의 어깨 부위를 살폈다.

옷도 그대로고 피를 흘리지도 않고 있다.

"극진아, 겉보기에는 멀쩡한데?"

"그럼 쇠막대기 같은 걸 사용했을 거야."

김극진은 끝까지 고집을 굽히지 않았다. 인간의 손에 이 정도의 피해를 입을 리가 없다는 생각에서다. 한창 격투기를 할 때도 이렇게 아픈 적은 없었다.

"이봐, 상상하는 건 자윤데, 그래서 이제 어쩔 거야? 내 손에 찔리니까 아파? 그래서 그만두고 그냥 갈 거야? 계속해 볼 거야? 지인 씨 같은 미인이라면 모를까, 너희들 같이 못난 마마보이들과 데이트하고 싶은 마음은 없거든?"

"뭐야? 이 새끼가 정말……."

김극진은 당장 싸울 듯 발끈했지만, 차마 덤비지는 못했다. 아직 왼팔의 움직임이 자유롭지 못해서였다.

최찬우가 그런 김극진의 어깨를 잡았다.

"가자. 오늘만 날은 아니니까."

"그래도……."

"가자니까."

최찬우가 돌아섰다.

김극진이 마지못해 돌아서려 할 때다.

"인마, 가긴 어딜 가? 두 놈 다 이리 와."

강유진의 부름에 최찬우와 김극진이 동시에 돌아섰다.

최찬우가 잡아먹을 듯한 눈으로 강유진을 쏘아보았다.

"강유진이라고 했나? 정말 죽고 싶으냐? 내가 누군지 모르나 본데, 나 최찬우야."

"알아, 인마. 너 드림 엔터테인먼트인지 뭔지 하는 구멍가게 하나 가지고 있다면서? 그거 네 아빠가 차려 준 거겠지? 너 같은 어린놈이 무슨 돈이 있어서 그런 사업을 해? 보나마나 아빠가 사업 한번 해 보라고 차려 준 거겠지? 고작해야 아빠가 사 준 비싼 장난감 하나를 손에 쥐고서 잘났다고 큰소리냐?"

"이, 개자식이……."

최찬우는 부들부들 떨뿐 반박하지 못했다.

드림 엔터테인먼트는 사실 부친이 만들어 준 사업체였다. 누구나 알고 있지만 그런 말을 정면에서 저렇게 노골적으로 놀린 사람은 아직 없었다.

"너희 둘을 보니까, 뭐든지 힘이나 돈 가지고 해결하는 기미가 엿보여서. 도저히 그냥은 못 보내겠다. 내가 그런 놈들 보면 배알이 뒤틀리거든."

"그래서?"

다시 팔이 움직이자 자신감을 회복한 김극진이 나섰다.

"그래서는 뭐가 그래서야? 내 신조는 상대가 원하는 대로 해주는 거야. 너희들이 먼저 힘자랑을 시작 했으니까, 힘자랑으로 끝을 봐야지. 안 그래? 이게 무슨 친선 말싸움이야? 어떻게 한번 해 보려다가 안 되겠으니까 슬그머니 돌아가?"

"네놈에게 질 것 같아서 물러나는 것처럼 보였나 본데……."

"이 자식이 싸가지 없게. 나이도 어린놈이 큰형님뻘 되는 분에게 이놈 저놈 하네. 일단 말투부터 고쳐야겠다."

강유진이 김극진에게 뚜벅뚜벅 다가갔다.

아무런 예고도 준비도 없이 다가오는 강유진에게 놀란 김극진은 저도 모르게 한 걸음 물러났다.

하지만 이내 자신의 실책을 깨닫고, 이를 갈며 주먹을 휘둘렀다.

"죽어, 새끼야!"

쇠망치 같은 김극진의 주먹이 강유진의 얼굴에 꽂히려는 순간이었다.

강유진이 왼손으로 김극진의 주먹을 잡았다.

"헉!"

맹렬하게 휘두른 주먹이 잡히자 김극진은 놀라서 까무러칠 뻔했다.

빠르기도 그렇지만, 자신의 주먹에 실린 힘은 한 손으로 감당할 수 있는 게 아니었다. 그런데 지금 그런 일이 일어난 것이다. 그것도 상대는 장난처럼 손을 뻗어 그렇게 했다. 마치 아이의 손짓을 어른이 잡아채는 것처럼 말이다.

상대의 손에 잡힌 주먹을 빼려고 했지만 어림도 없었다.

오히려 상대가 손목을 비틀자 주먹은 물론 팔과 상체까지 돌아가 버렸다.

“으윽!”

김극진이 제압당하자 최찬우가 기습을 시도했다.

은근슬쩍 강유진의 옆으로 돌아 뒷덜미를 잡아채려고 한 것이다.

하지만 그보다는 강유진의 손이 더 빨랐다.

김극진의 상체를 발로 밟으며, 한 손으로 최찬우의 손을 움켜잡은 것이다.

그리고 방금까지 김극진을 잡고 있던 손으로 최찬우의 팔꿈치를 받치며 허리로 최찬우의 몸을 튕겼다.

최찬우의 몸이 밤하늘에서 선을 그리며 김극진의 옆으로 철푸덕 떨어져 내렸다.

“이게 바로 연속기라는 거야. 아까 배운 거 기억나지?”

최찬우와 김극진은 고통을 참아내느라 대답할 겨를도 없었다.

"합기도 잘하면 싸움 못 한다고 그랬나? 미안해서 어쩌지?"

말과 함께 강유진이 손과 발에 힘을 주었다.

"으윽!"

"악!"

각기 다른 신음이 놀이터에 울려 퍼졌다.

"잘못했다고 할래? 안 할래?"

"……."

자존심 때문인지 둘 다 아무 말도 하지 않고 끙끙거리기만 했다.

강유진이 손발에 조금 더 힘을 실었다.

결국 고통을 견디다 못한 최찬우가 먼저 소리쳤다.

"윽! 그만! 잘못했다!"

"이 자식 봐라. 내가 네 친구냐?"

"으윽! 잘못했습니다."

강유진이 이번에는 김극진을 세차게 찍어 눌렀다.

"너는?"

"크윽! 잘못했습니다."

"잘 생각했다."

말과 함께 강유진은 최찬우와 김극진을 풀어 줬다.

두 사람은 차마 강유진을 바로 보지 못하고 고개를 이리저리 돌렸다.

"운 좋은지 알아라. 같은 도장을 다녀서 이 정도로 끝내 준 거니까. 뭐, 내가 지금 무슨 소리를 해도 그게 너희 두 사람의 생활 태도를 바꿀 수 없다는 건 알고 있다. 어차피 충고를 들어서 고칠 놈들이었다면, 이렇게 살지도 않았을 테니까."

"……."

아니나 다를까? 최찬우와 김극진은 아무런 말도 하지 않았다. 대신 어둠 속을 이글거리는 눈으로 노려볼 뿐이었다.

"너희들이 무슨 생각을 하며 살건 관심 없다. 하지만 내 주변에서는 그렇게 살지 마라. 나는 너희의 부모가 아니야. 너희를 향한 무한 애정과 용서라는 건 내 사전에 없어. 다시 내 앞에서 그런 짓을 하면 오늘처럼 가볍게 넘어가 주지 않는다. 알겠냐?"

"……."

역시나 대답이 없었다.

두 사람의 뜨거운 눈빛을 확인한 강유진이 피식 웃었다.

"후후, 큰형님이 말씀하시는 데 대답이 없네. 너희가 아직 내가 누군지 잘 모르는 구나? 내가 방금 뭐랬지? 내 앞에서 다시 그런 짓을 하면 어쩐다고?"

어딘지 스산한 강유진의 음성에 김극진이 먼저 몸을 떨었다. 저건 확실히 평범한 사람이 내뿜는 기세가 아니었다.

"예, 주의하겠습니다."

저도 모르게 입이 움직였다.

조용한 놀이터에 울려 퍼진 자신의 비굴한 음성에 김극진은 얼굴이 달아올랐지만 눈을 질끈 감았다. 이왕 버린 몸이었다.

"너는?"

강유진이 최찬우를 향해 시선을 돌렸다.

"……."

재벌가의 삼남으로 떠받듬을 받으며 살아온 최찬우에게는 죽기보다 하기 싫은 소리였다. 하지만 믿고 있던 김극진까지 무너진 마당에 혼자서 고집을 부릴 수는 없었다.

"……저도 주의하겠습니다."

"가 봐, 자식들아."

두 사람이 터덜터덜 어둠 속으로 사라졌다.

…….

혼자 우두커니 서 있던 강유진은 정글짐 꼭대기로 올라갔다.

그리고 길게 누워 밤하늘을 올려다보았다.

정말 사람은 천박한 것일까? 아니면 어떤 사람들만 천박한 것일까?

문득 고교 시절에 배웠던 성선설(性善說)과 성악설(性惡說)이 떠오른다.

인간은 어떤 존재일까? 어떤 사람은 '지구의 입장에서 보면 악성 바이러스 같은 존재다' 라고 했고, 또 어떤 이들은 '인간의 정신이 좋은 쪽으로 진화해 간다' 고도 했다. 자신의 주변을 살펴보면 인간은 선악 어느 쪽이라고 단언하기 어려웠다.

당장 자신만 해도 선악의 경계가 모호했다. 친구에게는 선한 태도를 취했지만, 적에게는 극악한 짓도 마다하지 않았으니까 말이다.

어느 순간 등에 닿는 쇠파이프의 서늘한 느낌이 싫어졌다.

강유진은 훌쩍 몸을 날려 지면에 내려섰다.

집으로 돌아가는 강유진을 만월에 가까운 달이 환하게 비추었다.

* * *

"지인아, 그 남자 뭐하는 사람이냐?"

온가족이 모인 아침식사자리에서 갑자기 이정민이 물었다.

속으로 당황했지만 이지인은 모른 척 시치미를 뗐다.

"누구요?"

"어젯밤에는 너무 늦어서 그냥 지나갔는데, 너 바래다준 잘생긴 남자 있잖냐? 같이 운동한다던."

밥을 먹고 있던 이수아의 눈이 반짝 빛났다.

"어머! 아빠도 봤어요?"

"응? 수아, 너 뭔가 아는 거야? 엄마 아빠만 몰랐던 거야?"

엄마의 날카로운 지적에 수아가 혀를 쏙 내밀었다.

"에헤, 엄마. 나도 잘은 몰라요."

"뭔데, 아는 것만 말해 봐."

엄마, 최명희 씨는 집요하게 물었다. 남자라면 치를 떨던 큰딸에게 남자가 생겼다니 예삿일이 아니라고 생각한 것이다.

"별거 없어요, 그냥 언니가 그 남자 만나려고 운동을 9시에 나가는 거 같다는 거? 그리고 운동 갈 때 안 하던 화장도 하고 간다는 거? 다른 사람에게 집을 가르쳐 준 적이 없는데 그 남자가 집 앞까지 바래다준다는 그런 정도?"

"뭐어? 그 정도야?"

최명희가 놀란 눈으로 이지인을 바라보았다.

"엄마, 아니야. 수아가 장난하는 거야."

하지만 이수아는 물러서지 않았다.

"그러, 언니 왜 밤 9시에 운동하러 가는데? 운동가면서 화장은 왜 하는데? 그 남자가 왜 대문 앞까지 와 주는 건데? 응? 말해 봐?"

"호호, 얘는. 운동이야 성인반이 그 시간이니까 가는 거지. 대문 나설 때 맨얼굴로 나가는 사람이 어딨니? 그리고 집이야 아무나 바래다줄 수 있는 거지."

"근데 뭘 그렇게 놀래?"

“뭘 놀래?”

“엄마, 아빠, 봤지? 언니 지금 심각하다니까!”

“뭐, 뭐가…….”

이지인의 얼굴이 발갛게 달아올랐다.

“지인아, 하여튼 그 남자 뭐하는 사람이냐고? 뭐 보기에는 멀쩡해 보이던데.”

“……사설 미술관 경비라고 들었어요.”

…….

화기애애하던 분위기가 단번에 식었다.

이수아는 더 이상 언니의 남자에 대한 관심을 보이지 않았다.

부모인 이정민과 최명희는 곤혹스러운 표정을 지었다.

남부럽지 않은 집안에, 어디 하나 부족함이 없는 예쁜 딸의 주변에 경비라니?

이정민이 애써 웃음 지으며 중얼거렸다.

“뭐, 아직 젊으니까, 그럴 수도 있지. 젊어 고생은 사서 한다고 하니까? 이십 대 나이라면 뭐라도 해 볼 수 있지.”

“그분 나이 많아요.”

“많아? 어려 보이던데?”

이정민이 의아한 눈으로 이지인을 바라보았다.

“36살이에요.”

“헉!”

"뭐?"

"정말?"

가족들의 놀란 표정을 보며 이지인은 망설일 수밖에 없었다. 강유진이 이혼남이라는 것을 말해야 하나 말아야 하나를 말이다.

"그 나이에…… 총각이래?"

엄마의 질문에 이지인은 일단 억지로 웃었다.

결국 피할 수 없는 질문이 왔다.

"이혼남이라고 들었어요. 자세한 건 몰라요."

"에이, 진짜 아무것도 아닌가 보네. 난 요즘 언니가 운동에 열심이길래 관심 있는 남자라도 생긴 줄 알았지 뭐야."

이수아가 별일 아니라는 듯 다시 식사에 열중했다.

"그런 거였어? 그럼 다행이고."

최명희의 입에서 안도의 한숨이 흘러나왔다.

"사람은 괜찮아 보이던데, 나이도 많고, 이혼남이면 좀 그렇지."

이정민도 그러면 그렇지 하는 표정이다.

한참 머뭇거리던 이지인이 조용히 입을 열었다.

"그런 걱정하지 않아도 돼요. 그분이 나한테 관심을 안 보이니까."

…….

달그락거리던 수저 소리가 멈췄다.

곧이어 분노한 이수아의 음성이 식탁에 울려 퍼졌다.

"아니, 왜에? 언니가 어때서? 자기가 그렇게 잘났데? 뭐야 진짜!"

"……."

이지인은 모르겠다는 듯 어깨를 으쓱해 보였다.

이정민과 최명희도 어이가 없기는 마찬가지다. 둘이 좋아하는 것도 문제지만, 아예 관심이 없다니 자존심이 상했던 것이다.

"내가 가만 두나 봐라!"

결국 씩씩거리던 이수아가 -뜬금없이- 복수를 선언하는 것으로 가족들의 대화는 끝났다.

* * *

"박 의원님, 제게 다 말씀하지 않으신 것 같더군요."

"뭘?"

정유미가 박창섭 의원을 보며 또박또박 말했다.

"강유진 씨 말입니다. 벌써 작년에 저격을 받았다고 하더군요."

"원수가 많은 사람인가 보군."

"강유진 씨와 합의를 볼 생각은 있으신 건가요?"

정유미의 물음에 박창섭 의원이 당연하다는 듯 고개를 끄덕였다.

"당연하지요, 보좌관도 알다시피 지금 아쉬운 사람은 나니까요. 그는 잃을 게 없지만, 나는 일단 구설수에 오르면 잃어야 할 게 많잖아요."

"그럼 아드님을 자수시키세요. 그렇게 하시겠다면 제가 그를 설득해 보겠습니다."

"아들이 자수하면 없던 일로 해 주겠답니까?"

"그건 아니지만, 그렇게 하도록 타협해 볼 생각입니다."

"……."

박창섭 의원은 가타부타 말하지 않았다.

하지만 대답은 이미 나와 있었다. 지금 아들의 살인이 알려지면 치명적인 타격을 입게 된다. 처음부터 강경히 대응한 것은 그 때문인지도 모른다. 결국 '자신을 위해 자식의 범죄를 덮어야 한다' 는 사실을 스스로 인정하고 싶지 않아 멀리 돌아온 셈이다.

"흐음, 알겠습니다. 그렇게 해 보세요. 그의 확답을 받으면 아들을 자수시키겠습니다."

"네."

정유미의 안색이 조금 밝아졌다.

사실 결정하기 어려운 쪽은 박 의원이라고 생각했다. 박 의원에게 아들의 자수권유는 자기 무덤을 파는 것과 같았다. 비록 이 일로 박 의원의 정치인생도 위기를 맞겠지만 그리 절망적인 것만도 아니었다. 신속하고 엄중한 판결로 박 의원에 대한 동정표를 이끌어낸다면, 불사조처럼 다시 날아오를 수도 있을 것이다.

불사조를 생각하자 문득 강유진이 떠올랐다.

그는 정말 불사조 같은 남자다. 변절과 잠적으로 끝난 줄 알았는데, 십여 년이 지나 다시 만난 그는 뭔지 모르지만 온몸을 불사르고 있었다. 그의 소탈한 말과 가식 없는 행동에서 먼 곳을 바라보는 학생시절의 그가 느껴졌다.

잠시 생각에 잠겨 있는 정유미의 귓가로 박 의원의 음성이 들려왔다.

"아니, 차라리 내가 직접 그와 만나 보고 싶군요. 가능하겠습니까?"

"네? 의원님이요?"

"그래요, 나도 잘못한 부분이 있으니까. 남자답게 사과할 건 사과하고…… 여하튼 가능하면 깨끗하게 매듭짓고 싶습니다."

"의원님께서 그런 마음이라면 큰 도움이 될 거예요."

"그렇게 합시다. 나도 이참에 호흡을 좀 가다듬고 싶습니다. 국민이 나를 원한다면 잘 해결될 거고, 그렇지 않다면 마음을 비워야겠지요."

"네, 잘될 거라고 믿습니다. 아니, 잘되도록 제가 만들겠습니다."

"믿고 기다리겠습니다."

박창섭 의원이 신뢰가 가득 담긴 눈으로 정유미를 바라보았다.

“그럼, 약속을 잡아 보겠습니다.”

정유미는 급히 돌아서 나갔다.

박 의원의 마음이 변하기 전에 강유진과 만나게 해 줄 생각이었다.

정유미가 나가자 박 의원은 의자에 길게 몸을 뉘였다.

“쯧, 아직도 정치를 몰라…… 감상적인 여자는 큰일을 못 하지. 딱 비서관까지야.”

박 의원은 다른 비서관과 정무수석으로 누굴 써야 할지 고민했다. 너무 후보자가 많아서 뽑는 것도 쉽지가 않았다. 정치인으로 성공하고 싶어 하는, 학창시절에 화염병 꽤나 던져 본 이력을 가진 사람은 발에 걸려 넘어질 정도로 차고 넘쳤다.

제9화

죽음으로도 부족한 죄

정유미의 주선으로 박 의원과 강유진은 다음 날인 화요일 저녁 8시에 만나기로 했다. 약속 장소는 일산의 호수공원이었다.

화요일이 되자 박 의원은 개인 경호원 열 명을 약속 장소로 보냈다. 만남의 장소 주변을 점검하고, 외부의 시선을 차단하기 위해서였다. 표면상으로는 자신의 행적이 노출되면 안 되기 때문이라고 했지만, 사실은 야쿠자들의 개입을 감추기 위해서였다.

정유미는 퇴근 시간에 맞춰 대성그룹 본사로 갔다. 강유진과 만나기 위해서다.

강유진은 정유미의 차에 올라타자마자 꾸벅꾸벅 졸기 시작했다.

아직 시차에 적응하지 못해 시도 때도 없이 졸고 있는 것이다. 호수공원까지 정유미의 차를 얻어 타고 가기로 한 것도 그런 이유에서였다.

정유미는 그런 강유진을 보며 어깨가 무거웠다.

아무리 생각해도 오늘 만남의 성패는 자신의 손에 달려 있었다. 박 의원 쪽이 조금 신경 쓰였지만, 자신의 정치적 역량을 믿었다. 지금의 박 의원을 만든 사람이 자신이었다. 그건 누구보다 박 의원이 잘 알고 있다. 당연히 박 의원은 자신의 중재를 받아들이지 않을 수 없을 것이다.

'국민이 박 의원을 버리느냐 동정하느냐가 문제지…….'

운전하는 내내 정유미는 박은혁의 자수 이후를 더 걱정했다.

* * *

저녁 8시 무렵의 호수공원 산책로는 그날따라 단 한 사람도 보이지 않았다. 오후 6시부터 일산 시청에서 공사를 이유로 일체의 출입을 통제했던 탓이다. 물론 그것이 박 의원의 요청에 의한 것이라는 사실을 아는 사람은 없었다.

사람이 사라진 호수공원의 산책로는 고요하다 못해 무서울 정도였다.

하지만 박 의원은 그런 풍경에 만족한 표정이다.

박 의원이 유창한 일어(日語)로 말했다.

"좋군. 이렇게 사람이 없어야 풍광을 제대로 즐길 수 있지. 그렇지 않소?"

곁에 서 있던 사토(佐藤)가 담담한 표정으로 고개를 끄덕였다.

"보기에는 좋군요."

"그자는 무술의 달인이오. 소란하지 않게 정리하려면 신경을 써야 할 거요."

"사무라이도 총 앞에 무너졌습니다."

"하하, 일본 사람의 입에서 그런 말을 들으니 기분이 묘하구려."

"그렇습니까? 저는 단지 총에 맞설 인종이 없다는 뜻으로 한 말이었습니다."

"그 어느 말보다 듬직한 소리로군."

멀리서 플래시가 몇 차례 번쩍였다.

반짝이는 불빛을 유심히 바라보던 사토가 놀란 얼굴로 중얼거렸다.

"도착했다는군요. 그런데 정말 두 사람뿐이라니……."

"그야 나를 만나기 위해 왔을 테니까. 참 순진한 사람들이 아니오?"

"이럴 때조차 순진하다는 건, 죽음으로도 부족한 죄지요."

사토가 냉정한 표정으로 정면을 응시했다.

이런 무시무시한 상황에서조차 상대를 믿는 인간들은 살 가치가 없다. 그런 인간들의 무지와 무능은 혐오스러움이라는 말로도 부족했다. 상대가 고작 그런 인간들이라면, 망설임 없이 숨통을 끊어 줄 수 있을 것 같았다.

정유미가 고개를 갸웃거렸다.

박 의원의 곁에 경호원들이 보이지 않았던 것이다.

게다가 박 의원의 곁을 지키고 있는 낯선 남자에게서는 어딘지 음험한 냄새가 났다.

"안녕하십니까?"

남자가 먼저 어눌한 한국어로 인사를 했다.

정유미가 박 의원에게 물었다.

"누구죠?"

"내 후원자 중의 한 사람입니다."

"박 의원님, 설마……."

정유미가 놀란 눈으로 남자와 박 의원을 번갈아 바라보았다.

박 의원의 곁에 있는 남자는 야쿠자 같았다. 그런데 이 자리에 왜 야쿠자가 있단 말인가? 불길한 예감에 오싹 소름이 돋았다.

"그래요, 전에 말한 일본의 친구가 보내 준 사람입니다."

"왜……."

박 의원이 애석하다는 표정으로 답했다.

"그건 정 보좌관이 일 처리를 미흡하게 해서 그런 겁니다. 시간을 너무 오래 끌었어요."

“말도 안 되는 소리에요. 어제 박 의원님이 직접 강유진 씨를 만나게 해 달라고 했잖아요. 남자답게 사과하신다고…….”

“무슨 소리를 하는지 모르겠군요. 내가 강유진 씨를 만나고 싶어 한 것은 사실입니다. 그래서 이렇게 나왔으니까요. 하지만 ‘남자답게’와 ‘사과’라는 말은 보좌관이 잘못 알아들은 것 같아요. 나는 강유진 씨가 남자답게 사과하고 떠나 주기를 바라는 사람입니다.”

듣고 있던 강유진이 피식 웃었다.

“물론 지구를 떠나 주기를 바라는 거겠지?”

박 의원은 이런 상황에서도 태연한 강유진의 대담함에 기가 질렸다. 하지만 이내 얼굴에 미소를 지었다. 그를 잡아먹어 줄 사람들은 암살에 특화된 야쿠자였다. 무려 사토를 제외한 다섯 명의 암살자들이 은신해 있으니 강유진은 끝이었다.

“강유진이라고 했나? 자네에게는 마음으로부터의 측은함을 간직하고 있네.”

“하하하, 어디서 많이 듣던 말투네. 마음으로부터의…… 나를 죽이려고 하는 건 알았지만 보좌관까지 죽이려고 하다니…… 참 독한 사람이군.”

정유미가 설마 하는 눈으로 박 의원을 바라보았다. 평소 자신이 박 의원의 가장 중요한 자산이라고 생각했기 때문이다.

박 의원의 입에서 청천벽력 같은 소리가 흘러나왔다.

“그야 당연한 일 아닌가. 손을 내밀면 발바닥까지 핥아 줄 청렴한 인재가 널렸는데, 주인의 머리 위에 올라서려는 보좌관을 데리고 갈 수는 없잖나.”

문득 박 의원이 정유미에게 시선을 돌렸다.

“그런 의미에서 그동안 수고했네. 정 보좌관의 노고를 치하하는 마음으로 선물을 하나 주지.”

말과 함께 박 의원이 사토에게 고개를 끄덕여 보였다.

사토가 가볍게 손을 흔들었다.

야쿠자 두 사람이 한 남자의 양팔을 잡아 질질 끌며 다가왔다.

야쿠자 하나가 끌고 온 남자의 머리채를 잡아 올렸다.

순간 정유미의 입에서 뾰족한 비명이 흘러나왔다.

“찬명아!”

초주검이 된 채 끌려온 남자는 정유미에게 정보를 물어다 주던 원찬명이었다.

묵묵히 지켜보고 있던 강유진이 박 의원의 곁에 선 남자에게 물었다.

“그는 죽었나?”

“…….”

남자, 사토는 한국말을 모른다.

사토가 고개를 갸웃거리자 박 의원이 불편한 기색으로 통역했다.

가만히 듣고 있던 사토가 고개를 저었다.

아직 죽이지 않았다. 개인적으로 이 세 사람의 관계가 뭔지 궁금해서 한자리에 모은 것뿐이다.

"너희 셋은 어떤 관계지?"

박 의원은 인상을 찌푸리면서도 통역했다.

이 모임을 주도하고 있는 사람은 자신이 아니라 사토였다. 생각 같아서는 빨리 떠나고 싶었지만, 사토는 시간을 끌고 있었다.

"동문이다. 그런데, 너는 뭘 기다리고 있지?"

그 질문이야말로 박 의원이 묻고 싶었던 것이었다.

"동문이라는 군요. 그리고 뭘 기다리고 있냐고 묻는데…… 기다리는 사람이 있는 거요?"

박 의원의 말에 사토는 흠칫 놀란 얼굴로 딴청을 부렸다.

기다리고 있는 사람은 안내원 요조라(よぞら)였다. 요조라는 며칠 전 갑자기 미국에 다녀오겠다며 떠났다. 어제 분명히 호수공원에 시간 맞춰 오겠다고 했는데 아직 연락이 없었다.

사토가 손목시계를 확인했다.

8시 10분.

이 정도 시간이면 상대의 체면을 지켜준 셈이다.

"이렇게 시간을 질질 끌다가는 죽도 밥도 안 될 거요."

박 의원이 재촉했다.

그런 박 의원에게 강유진이 물었다.

“그런데 당신은 도대체 뭘 믿고 내 앞에 선거지?”

강유진은 신기한 동물을 바라보는 표정이었다. 쥐새끼처럼 숨어서 잘 돌아다니지도 않던 박 의원이 태연한 모습으로 나타난 게 궁금했던 것이다.

박 의원의 얼굴로 능글맞은 미소가 번졌다.

“여기 일본 친구가 그러더군. 총에 맞설 인간이 없다고 말이야. 총이라면 환장한 사람들이 자네를 겨누고 있는데, 내가 걱정할 게 뭐가 있겠나?”

“후후, 이런 소리 들어 봤소?”

“뭐?”

“손은 총보다 빠르다.”

박 의원이 피식 웃었다.

“영화 좀 봤나 보군. 손은 눈보다 빠르다는 말이라면…… 컥!”

어느새 강유진의 손이 박 의원의 목울대를 움켜쥐고 있었다.

정유미는 물론 박 의원의 곁에 있던 사토조차도 강유진이 언제 움직였는지 알지 못했다. 강유진은, 말그대로 유령처럼 박 의원의 곁에 솟아났다.

강유진이 컥컥거리고 있는 박 의원의 귓가에 속삭였다.

“박창섭. 살인 교사, 범죄단체 결성, 반민족 행위에…… 어떤 형벌이 좋을까?”

“컥! 컥! 사, 살려…… 주시오.”

"살려는 주지. 이대로 죽으면 당신만 좋은 거잖아. 벽에 똥칠하면서 오래오래 살아 봐. 이 기회에 가족애라는 것도 좀 느껴보고."

말과 함께 강유진이 박 의원의 몸을 쿡쿡 찔렀다.

한 번 찌를 때마다 손가락 한 마디씩 박 의원의 몸에 박혀 들었다.

목이 잡힌 박 의원은 예기치 않게 밀려오는 통증에 물고기처럼 몸을 펄떡였다.

강유진은 그렇게 열다섯 번이나 찌른 뒤에야 박 의원을 놓아주었다.

털썩.

땅에 떨어진 박 의원은 움직이지도 못하고 신음만 흘렸다.

사토는 강유진이 박 의원에게 손을 쓰는 동안 무슨 속셈인지 그냥 구경만 했다. 얼굴은 담담했지만 머릿속은 미친 듯이 돌아가고 있었다. 사토는 조금 전 강유진의 움직임을 통해 그토록 꺼려하던 상대 앞에 자신이 서 있음을 깨닫게 된 것이다.

"이런, 내가 조금 늦었나."

뒤에서 들려오는 음성에 사토는 겨우 마음을 추스를 수 있었다.

그는 요조라였다.

일개 안내인에 불과한 요조라지만, 사토는 왠지 마음이 놓였다. 그리고 요조라가 말로만 듣던 크라노시안일지도 모른다는 추측을 했다.

가까이 다가온 요조라의 표정을 보자, 그건 확신으로 변했다.

요조라는 박 의원의 몸에서 번져 나오는 누런 오줌과 주변에 풍기는 똥 냄새를 맡더니 고개를 흔들었다.

“쯧쯧, 이 불쌍한 사람에게 무슨 짓을 한 거지?”

“조심하시오. 그는…… 크라노시안 같소.”

“크라노시안?”

요조라가 흥미로운 눈으로 남자를 바라보았다.

‘의장과 세티쉬 카르나크가 찾는 그 사람일까? 아니면 단지 새로 출현한 크라노시안일까?’

사토가 어떻게 크라노시안이라는 단어를 알고 있는지 알아보는 건 나중 일이다. 지금은 눈앞의 크라노시안에게 집중해야 한다.

“어이, 이런 게 당신의 마법인가?”

요조라가 박 의원의 육체를 가리켜 보였다.

“아니, 그건 단지 시각혈도(時刻穴道)라는 무술의 기법일 뿐이다.”

“오, 왠지 대단한 기술 같군.”

“결과는 나도 몰라. 오늘 처음 실험해 본 거거든.”

“그런가? 무슨 효능이 있지?”

“전신마비.”

“생긴 것과 달리 잔인하군.”

"아니야, 죽이지 않았으니 자비롭다고 해야지."

"좋아, 어차피 그를 대신할 사람은 많으니까. 하지만 네가 크라노시안이라면…… 너를 대신할 사람이 없으니 좋은 대접을 해 주마. 묻겠다, 나는 사도 요조라다. 너는 크라노시안인가?"

처음으로 요조라의 얼굴이 진지해졌다.

좋은 대접이란 말은 농담이나 비유가 아니었다. 정말 상대가 새로운 크라노시안이라면, 조직의 일원으로 데리고 갈 생각이었다.

"언젠가 나에게 그런 질문을 한 남자가 있었지, 크라노시안이냐고. 내가 뭐라고 했는지 아나?"

"모른다."

"난 그냥 코리안이야."

"……."

한동안 상대의 두 눈을 바라보던 요조라가 히죽 웃었다.

"네가 크라노시안인지 아닌지는 곧 알게 되겠지. 크라노시안이라면 살 거고, 그렇지 않으면 죽을 테니까."

강유진이 담담한 음성으로 말했다.

"나도 미리 말해 두겠는데, 나는 일단 발동이 걸리면 멈추질 못해. 그러니까 가만히 돌아가거나, 죽거나 해야 할 거야."

"휘유~ 대단한 자신감이로군. 마치 세티쉬 카르나크를 보고 있는 기분이야."

"그는 누구지?"

"피에 미친 녀석이 하나 있어. 가만? 너 한국인이지? 혹시 네가 세티쉬 카르나크가 찾고 있다는 그 한국 남자인가?"

뒤늦게 요조라가 상대의 이모저모를 살폈다. 그러고 보니 세티쉬 카르나크가 찾고 있다는 한국인과 인상착의가 닮은 것 같다.

"왜? 소개팅이라도 주선해 주려고?"

"설마, 네가 진짜 에르 라크리마(엘의 눈물)?"

"진짜건 가짜건 모른다는데 무슨 말이 그렇게 많아? 야쿠자들까지 데리고 와서 말싸움이나 하자는 거야? 피곤하니까 빨리 결정해."

"……."

요조라는 더 이상 미소 짓지 않았다.

"아무리 네가 라크리마인 것 같다고 해도…… 여기까지 와서 그냥 물러날 수는 없겠지?"

상대를 지켜보던 강유진이 혼잣말처럼 중얼거렸다.

"자식, 말 많네. 에르 쉬 바쿰."

세 개의 서클이 어른거리는 가 싶더니 이내 고운 빛을 뿌리며 사라졌다.

서클을 확인한 요조라의 눈에서 빛이 번뜩였다.

"그것은 어떤 계열의 마법인가?"

"그만 닥치고 뭐라도 해라. 말하기도 지겹다."

곧이어 클레베스와 벤투스가 강유진의 몸을 휘감고 돌았다.

강유진의 몸에서 일어난 견고한 기운과 은은한 바람이 사방으로 번져 나갔다.

요조라가 한 걸음 뒤에 물러나 있는 사토를 향해 말했다.

"그를 죽여."

물론 가능하다면.

당연히 뒷말은 마음속으로 중얼거린 것에 불과했다.

사토가 곤혹스러운 표정으로 강유진과 요조라를 번갈아 바라보았다. 크라노시안들의 싸움에 설마하니 자신들이 선봉을 맡게 될 줄이야!

비록 계란으로 바위를 치는 격이라고 해도, 이번 싸움은 조직이 자신들에게 맡긴 임무다. 당연히 상대가 누구라고 해도 피할 길은 처음부터 없었다.

마침내 사토의 입에서 명령이 떨어졌다.

"죽여라."

탕. 탕. 탕.

어둠 속에서 각기 미묘하게 다른 세 발의 총성이 울렸다.

명령이 떨어지자마자 하나카와 노도카, 사사키가 저격을 시도한 것이다.

퍽. 퍽.

"꺄악!"

총소리와 함께 근처에서 파편이 튀자 정유미가 비명을 지르며 주저앉았다.

강유진이 그런 정유미에게 소리쳤다.

“유미야! 찬명이를 데리고 피해!”

그제야 정신을 차린 정유미가 원찬명을 질질 끌고 한쪽으로 물러났다.

그러는 동안 강유진은 사토와 요조라를 향해 뚜벅뚜벅 걸어갔다.

사토도 권총을 꺼내 강유진의 가슴에 연사했다.

탕. 탕. 탕. 탕.

투투투툭.

총알이 맥없이 바닥으로 떨어졌다.

순간 사토는 ‘칙쇼(ちくしょう)!’ 라는 외침과 함께 강유진의 품으로 뛰어들었다.

사토가 두 손으로 움켜쥔 칼의 하얀 날이 달빛을 받아 번득였다. 하지만 사토의 근성이 보인 장렬함은 거기까지였다.

강유진이 손바닥으로 칼날을 후려쳤다.

챙.

날카로운 파열음과 함께 단검이 조각조각 부서져 흩날렸다.

다음 순간 같은 궤적으로 돌아온 강유진의 손등이 사토의 얼굴을 때렸다.

퍽.

그 한 방에 사토는 정신을 잃고 훨훨 날아갔다.

털썩.

사토가 발치에 떨어지자 요조라가 안됐다는 듯 혀를 찼다.

"쯧, 쯧…… 역시나 인간은 질그릇처럼 연약해."

요조라가 사토의 머리를 밟았다.

퍼억.

수박 터지는 소리가 어둠을 뚫고 멀리까지 울려 퍼졌다.

"크윽! 개자식!"

분노한 노도카가 총구를 요조라에게 돌렸다.

퍽.

반대편에서 날아온 총알이 노도카의 머리를 관통했다.

생기를 잃은 노도카의 손에서 저격 소총이 힘없이 흘러내렸다.

맞은편에서 노도카를 쏜 사사키가 마이크에 대고 거칠게 소리쳤다.

"바가야로(ばかやろう)! 우리가 죽여야 할 놈은 한국 놈이다! 적전분열은 용서치 않아!"

서열상 사토와 노도카 다음이 사사키다. 그러니 지금은 빌어먹을 사사키의 말에 따라야 한다. 흥분했던 세 명의 킬러들은 이를 악물고 다시 강유진에게 집중했다. 분노와 공포가 뒤섞인 묘한 감정은 이내 적개심으로 들끓었다.

하지만 아무리 강유진을 겨누고 쏴도 총알은 번번이 빗나갔다.

요조라는 꼿꼿하게 서서 걸어오는 남자를 향해 박수를 쳐 보였다.

짝. 짝. 짝.

"대단해! 총알이 빗발치는 데도 태연하다니."

피잉. 피잉. 피이잉.

강유진은 머리 좌우로 스치고 지나가는 총알의 파공음에 소름이 돋을 지경이었지만, 인상 한 번 찌푸리지 않았다.

"이런 게 무슨 빗발이야? 그냥 아기 오줌 줄기만도 못 한걸."

"대단한 용기로군! 아니면 만용인가?"

"어차피 사람이 총알을 피할 수는 없잖아. 총알이 알아서 피해가야지. 그래서 죽을 놈은 죽고 사는 놈은 사는 거야. 안 그래?"

그건 강유진이 군대에 있을 때 자주 듣던 말이기도 했다.

군대의 깡다구와 과장을 모르는 요조라에게 그 말은 마법의 주문처럼 들렸다.

"하지만 정말 총알이 피해 가는 사람은 네가 처음인걸……."

더 이상 안 되겠다고 생각했는지 요조라가 손을 번쩍 치켜들었다.

"뇌격(雷擊), 참(斬)!"

꽈르릉. 꽝.

갑자기 어두운 하늘에서 번개가 수직으로 내리꽂혔다.

하지만 번개조차도 강유진을 어쩌지는 못했다. 머리를 타고 미끄러지듯 지면으로 떨어져 내린 것이다. 엘이 심어준 치명적 공간왜곡 마법에 의한 현상이다.

그런 내막을 알 리 없는 요조라의 얼굴이 딱딱하게 굳어갔다. 벼락까지도 흘려버릴 수 있는 존재는 그의 기억 속에 없었다.

"섬전(閃電)!"

요조라가 다급하게 외치자 파르스름한 빛줄기 다섯 개가 요조라의 앞에 모습을 드러냈다.

"살(殺)!"

파지지직.

마치 쏘아진 화살처럼 날아간 빛줄기가 강유진의 몸에 박혔다.

파츠츠츠츠. 츠츳. 파팍.

마치 고압전기에 감전된 것처럼 강유진의 몸에서 파란 불똥이 튀었다.

강유진은 몸의 고통보다 눈앞에서 불꽃이 너무 튀어 앞을 제대로 볼 수 없는 게 더 불편했다. 실제로 불의 정령 플라멘과의 동화로 전격(電擊) 계열의 충격에는 어느 정도 내성이 있었다. 하지만 불꽃 때문에 다른 사물을 제대로 파악하기 어렵게 됐다는 게 문제다.

급기야 강유진은 눈을 감고 말았다. 그제야 어질어질하던 머리가 조금 진정되는 느낌이다.

탁. 탁. 하고 불꽃이 튀는 소리를 듣고 있던 강유진은 '이대로 끌려다닐 수 없다' 는 생각에 벤투스를 불렀다.

"벤투스, 헤라드!"

강유진은 무작정 올라가 보기로 했다.

한순간 강유진의 몸이 하늘로 솟구쳤다.

유성이 거꾸로 밤하늘로 날아 올라가는 그런 모습이었다.

곧이어 유도 미사일처럼 요조라가 쏘아 보낸 전격의 화살들이 강유진의 뒤를 꼬리처럼 따라붙었다.

강유진이 허공에서 몸을 뒤틀었다.

"모트 자인!"

이번에는 하늘에서 날카로운 바람의 송곳이 지면을 향해 내리꽂혔다.

전격의 화살이 최대 다섯 개라면, 바람의 송곳은 수백 개다. 당연히 전격의 화살은 허공에서 '파지직' 소리와 함께 바스러졌다.

남은 바람의 송곳이 맹렬한 기세로 지면에 떨어졌다.

요조라는 촘촘히 떨어져 내리는 송곳 같은 바람을 모두 피할 수 없었다.

"크흑!"

양쪽 어깨가 관통당한 요조라는 팔을 늘어뜨린 채 숲의 어둠 속으로 달아났다.

요조라가 달아나자 야쿠자들도 정신없이 장비를 챙겨 들었다.

그 와중에도 사사키의 뱀같이 번들거리는 눈은 주변을 쓸어 보고 있었다. 이대로 달아났다가는 조직에 체면이 서지 않는다. 사사키는 강유진이 불가능하다면 그와 관계된 사람이라도 죽이기로 했다. 그런 악착같음이 자신의 현재 위치를 만들었다는 걸 누구보다 자신이 잘 알고 있었기 때문이다.

먹잇감을 찾고 있던 사사키의 눈에 남자를 부둥켜안고 있는 여자의 옆모습이 보였다.

'빙고!'

사사키는 기척을 죽이고 여자의 곁으로 다가갔다.

그리고 들고 있던 칼로 여자의 목을 베었다.

그러고도 직성이 풀리지 않자 이번에는 거반 죽어 가는 남자의 목도 잘랐다. 그리고 호수공원의 물속으로 대롱을 물고 들어갔다.

모두 한순간에 일어난 일이다.

강유진이 멍한 눈으로 정유미와 원찬명의 시체를 내려다보았다.

머리와 몸통이 분리된 모습을 보고 있자니 분노로 온몸이 떨려왔다. 십여 년 만에 다시 만났는데 이토록 비참한 결말이라니.

"미안하다. 모두 내 잘못이야."

처음부터 자신이 시비를 일으키지 않았다면, 상대에게 손쓸 틈을 허락하지 않았다면…… 그랬다면 이들도 죽지 않았을 것이다.

끊임없이 후회가 밀려 왔다.

숨 막힐 정도로 가슴이 먹먹했지만 눈물은 나지 않았다.

강유진은 정유미와 원찬명의 몸통을 가지런히 누이고, 잘린 머리를 조심스럽게 붙여 주었다.

"반드시…… 복수해 줄게, 미안해."

"……."

정유미와 원찬명은 대답이 없었다.

강유진은 두 사람의 머리를 쓰다듬어 준 후에 자리에서 떠나갔다.

*　　*　　*

목요일은 한국 사회가 특종으로 뒤집어진 날이었다.

유력한 대선 후보였던 자민당의 대표인 박창섭 의원이 호수공원에서 전신마비의 상태로 발견된 까닭이다.

그와 가까운 곳에 보좌관과 그녀의 동문인 남자의 목이 잘린 시체가 있었고, 같은 장소에서 머리가 산산조각난 신원미상의 남자와 역시 신원미상의 두부 관통상을 입은 남자 시체까지 발견됐다. 설상가상(雪上加霜)이라고, 사건이 일어난 날 저녁 호수공원에서 UFO를 목격한 주민들도 있었다.

모든 신문과 방송이 호수공원의 미스터리를 주요 기사로 보도했지만, 해답은 중구난방이었다. 누구도 박창섭 의원이 왜 호수공원의 통제를 요청했는지, 보좌관과 그녀의 동문이 왜 그곳에서 목이 잘렸는지, 신원미상의 남자들은 누구이며 왜 죽었는지 짐작조차 할 수 없었던 것이다.

경찰과 언론사 모두가 유일한 생존자인 박창섭 의원을 주목했지만 소용없었다. 그는 온몸이 마비되어 눈도 깜빡이지 못할 정도였다. 그를 진찰한 의사들은 박창섭 의원의 척추와 신경계통이 알 수 없는 이유로 토막토막 끊겼다고 했다.

박창섭 의원이 쓰러진 다음 날 호수공원 사건 만큼이나 충격적인 기사가 다시 언론에 올랐다. 이번에는 미래투신 양문호 사장과 인화건설 이기백 사장이 경찰서로 찾아가 '자식들의 살인죄를 덮으려고 살인 교사를 했었다' 고 자수를 한 것이다.

같은 날 박창섭 의원의 아들인 박은혁과 양문호 사장의 아들인 양인국, 그리고 이기백 사장의 아들인 이주영이 조용히 경찰서로 찾아갔다.

사회 지도층 집안의 자식들이 저지른 흉악 범죄와 그 죄를 감추기 위해 부모들이 살인 교사를 한 이야기는 오래도록 화제꺼리였다.

하지만 그것도 일주일을 넘기지 못했다.

중국 어선의 불법 조업을 단속하던 한국 해경 두 사람이 둔기에 맞아 사망했고, 자민당의 부대표인 김인봉 의원이 의원회관 앞에서 불법 개조된 공기총에 맞아 한쪽 눈을 잃었다. 대한민국 사건사고의 절정은 북한의 갑작스러운 도발이었다. 북한이 대북방송 중이던 남한의 초소를 향해 조준사격을 가한 것이다. 그 사고로 사상자가 열세 명이나 발생했다.

해묵은 중국과의 '외교문제' 와 역시나 답 없는 '정치테러', 그리고 '대북정책'이라는 삼재(三災)가 한국 사회를 벌집 쑤신 듯 뒤집어놓았다. 며칠 전까지만 해도 사람들은 이구동성으로 '국회의원과 재벌의 부도덕'에 대해 성토했다. 하지만 이제는 다시 좌우익으로 갈라서서 미친 듯이 언쟁을 벌였다.

정치테러를 두고 한쪽에서 '성숙한 정치문화가 절실하다'라고 하면 다른 쪽에서는 '잘해라. 오죽하면 총을 쐈겠냐?'라고 받아쳤다.

대중외교와 대북정책을 두고 한쪽에서 '국가적인 자존심을 세워라. 응징하자.'라고 하면 다른 쪽에서는 '전쟁하겠다는 소리냐? 우리가 빌미를 제공했으니 할 말 없다'라고 했다.

그 와중에 한·중·러·일의 의견이 첨예하게 엇갈리는 4개국 장관회의까지 개최된다고 하니 나라는 내우외환(內憂外患)이 따로 없었다.

사십 대 중반의 남자 박찬오는 복잡한 표정을 숨기지 않았다.

"……다시 만나지 않을 줄 알았는데, 유감입니다."

"이해합니다."

강유진은 담담한 표정으로 고개를 끄덕였다.

강유진은 스넥카에서 일하던 이정우를 살해한 사람이 박은혁이라는 사실이 밝혀진 뒤로 다시 수사의 대상이 되었다. 게다가 현장에서 살해된 두 남녀는 대학동문이자 학생운동을 함께하던 사이다. 이래저래 불려 다니지 않을 수 없게 된 것이다.

"작년에 총격을 받은 건 박 의원과 양 사장, 이 사장의 사주로 벌어진 일이라고 밝혀졌습니다. 전혀 모르고 있었습니까?"

"네, 저 같은 일반인이 알 수 있는 정보는 아니니까요."

"그렇기는 하죠. 박 의원에 대한 원한이 상당할 거라고 윗분들은 생각하고 있습니다. 좀 어리석은 질문입니다만, 박 의원이 저렇게 된 것에 관계되어 있습니까?"

심증은 가는데 물증은 물론, 상대에게 그럴만한 능력조차 없다는 걸 안다. 그래서 스스로 어리석은 질문이라고 고백한 것이다.

"저는 일개 회사원일 뿐입니다."

"그럼, 다른 질문으로 넘어가 보죠. 정유미 씨와 원찬명 씨를 최근에 만난 적이 있습니까?"

"제가 국정원의 컨설턴트가 되자 정유미가 찾아온 적이 있습니다."

"정유미 씨는 무슨 일로 만나자고 하던가요?"

"그냥 인사차 찾아온 것이었습니다. 국회의원 보좌관으로 있으니 국정원에 인맥을 만들고 싶었는지도 모르죠. 십여 년 전에는 친했으니까요."

"정유미 씨와 원찬명 씨를 살해한 사람은 원한 관계라고 생각될 정도로 참혹한 짓을 했습니다. 머리를 잘라 다시 붙여 놓았으니까요. 정유미 씨를 만났을 때 불안해하거나 이상한 말을 하지는 않았습니까?"

"전혀요, 유미는 학창시절 이야기를 하고 돌아갔습니다."

"저는 강유진 씨가 정유미 씨와 원찬명 씨의 죽음에 직접적인 관계가 없다고 확신하고 있습니다. 사실은 그래서 호수공원의 사건에 강유진 씨가 관계없다고 생각하고 있는 사람 중 하나입니다."

"……."

강유진이 의아한 표정으로 박찬오를 바라보았다. 그의 확신은 대체 무엇에 근거한 것일까?

"이번 사건을 조사하면서 강유진 씨와 후배들의 관계가 아주 특별했다는 걸 알 수 있었습니다. 원찬명 씨는 일본과 한국을 드나들며 흥신소 일을 했더군요. 그런데, 그의 통장에는 돈이 남아 있질 않았습니다. 의뢰비로 받은 돈의 대부분을…… 김태영과 문용호라는 사람의 계좌로 보냈기 때문이죠."

"……."

강유진은 놀라서 숨이 멎을 것 같았지만 이를 악물고 참았다.

자신이 변절을 한 뒤로도 후배들은 학생운동을 멈추지 않았다. 일 년 뒤 김태영은 고문 후유증으로 반신불수가 되었고, 문용호는 미쳐서 정신병원에 입원했다. 결국 두 사람은 대학을 중도에 그만두고 말았다. 그 이야기를 졸업식 날 다른 사람을 통해 들었지만, 깊이 관여하고 싶지 않아 잊었다. 그런데 그 둘을 원찬명이 돌보고 있었던 것이다.

“강유진 씨를 포함한 다섯 분이 그 당시 비주류 출신 운동권에서는 가장 유명했다죠?”

“그런 쪽으로는 관심이 없어서…….”

“운동권에서는 김태영 씨와 문용호 씨가 이탈하자 곧 잊었습니다. 겪어 봐서 아시겠지만 운동권 리더들도 정치인들과 다를 바 없거든요. 희생자가 자신들의 투쟁에 도움이 될 만하면 떠받들지만, 쓸모없다 싶으면 돌아보지 않으니까요. 저는 그것에 대한 배신감으로 정유미 씨가 정치에 투신한 것이라고 생각합니다.”

“…….”

강유진은 자책감에 고개를 들 수가 없었다.

모두 잊었는데, 그렇게 정리했다고 생각했는데, 남겨진 후배들은 그걸 평생 짊어지고 살았던 것이다.

“그런 이유로 강유진 씨가 정유미 씨와 원찬명 씨의 죽음과 무관하다고…….”

말을 하던 박찬오가 고개를 갸웃거렸다.

맞다. 그렇게 좋은 관계니 강유진이 살인자가 될 수는 없다. 하지만 그건 강유진이 가해자가 아니라는 뜻일 뿐이다. 그렇다면 강유진에게 원한을 가진 사람이 있다면? 그것도 이상했다. 강유진에게 원한이 있는 사람이라면 박 의원을 해칠 리가 없지 않은가?

덜컹.

갑자기 조사관 한 사람이 들어왔다.

조사관은 박찬오의 귀에 뭔가를 속삭이고는 다시 나갔다.

박찬오가 떨떠름한 표정으로 강유진을 바라보았다.

실마리가 손에 잡힐 것 같았는데, 호수공원에 관한 수사를 종결지으라는 지시가 내려온 것이다.

"허어, 이것 참. 호수공원의 수사를 끝내라는 군요. 국정원에 몸을 담은 이래로 이런 납득하기 어려운 지시는 처음 받아 봅니다. 보나마나 고위층의 정치적인 결정이겠죠? 하여튼 수고하셨습니다. 희생된 후배들에 대해서는 저도 안타깝게 생각하고 있습니다."

"감사합니다."

강유진이 침울한 표정으로 일어났다.

거머리처럼 달라붙던 조사에서는 해방되었지만, 마음은 이전보다 더 무거웠다. 모든 게 엉망이다. 그동안 치열하게 살았다고 생각했는데, 어리광만 잔뜩 부린 느낌이다.

'나는 뭘 한 거지?'

그저 오롯이 현실에 충실하고 싶었을 뿐인데, 그렇게 믿고 당당히 살았는데, 딛고 선 자신의 발밑에 후배들의 희생과 주검이 있었다.

* * *

“박 의원이 뒤에서 그런 짓을 한 줄은 몰랐습니다. 이번 일은 원장님 선에서 정리하기로 했습니다. 앞으로 더 이상의 조사는 없을 겁니다.”

박영찬 차장이 의미심장한 눈으로 강유진을 바라보았다.

직접 말은 하지 않았지만 호수공원에 강유진이 관계되었다는 것을 알고 있다는 눈빛이다.

“혹시 이번 일에도 크라노스가 관계되었습니까?”

“…….”

잠시 생각하던 강유진은 선선히 고개를 끄덕였다.

언젠가 5과에서 알게 될 일이었다. 그런 걸 가지고 눈 가리고 아웅 하고 싶지는 않았다.

“네, 야쿠자들과 함께 있던 요조라라고 하는 일본인이 크라노스의 일원이었습니다. 스스로를 사도라고 하더군요.”

“허어, 야쿠자에 사도라…… 그들은 대체 무슨 생각인 걸까요?”

“그건 저도 잘 모르겠습니다.”

“경찰에서 열심히 야쿠자들을 쫓고 있지만…… 아마 힘들 겁니다. 그 정도 조직이라면 벌써 한국에서 빠져나갔을 테니까요.”

“저도 그렇게 생각하고 있습니다.”

…….

두 사람은 잠시 침묵했다.

호수공원에서의 참사가 몰고 온 파장은 컸다.

한참 만에 박영찬 차장이 본론을 꺼냈다.

"참, 다음 주 월요일에 회담이 시작되니…… 각국 대표들이 늦어도 이번 주 안에 입국할 겁니다."

"네."

"회담 동안 본회의장 인근 10킬로미터 안에 있어 달라는 원장님의 부탁 말씀이 있었습니다."

오늘 강유진을 호출한 것은 바로 이 말을 하기 위해서였다. 본회의장 주변 10킬로 안에 대기하고 있어 달라는 것 말이다.

"그렇게 하지요. 다른 일이 없다면 저는 이만 가 보겠습니다."

인사를 하고 돌아서는 강유진을 박영찬 차장이 급히 불러 세웠다.

"아, 잠깐만요."

"네?"

"이번에 강 선생의 기록을 전 방위로 조사하다가 알게 된 사실이 있습니다."

"뭔가요?"

전과 달리 기운이 빠진 소리다. 육체가 아니라 정신적으로 피곤한 것이리라.

박영찬 차장은 요즘 강유진이 힘들어하는 이유를 알고 있다.

강유진에게 말을 꺼낸 것도 실은 그것 때문이었다.

"과거에 강 선생이 학생운동을 그만두고 나서…… 한동안 경찰의 프락치로 오해받았다는 것을 알고 있습니다."

"……."

강유진은 듣기만 했다.

그건 오래전의 일이었다. 자신이 운동권에서 손을 떼고 난 직후, 십여 명의 리더들이 체포됐다. 당연히 의심의 눈길은 자신에게로 향했다. 원룸에 숨어 지내던 김태영과 문용호가 체포됐을 때는 집으로 돌아가던 길에 학생들에게 집단 린치를 당한적도 있다.

"지금은 은퇴했지만, 그 당시 동대문 경찰서에서 학생들을 사찰했던 형사를 만났습니다. 그에게 실제 프락치 활동을 한 사람이 있었는지 알아봤지요. 그는 한 사람의 이름을 기억하고 있었습니다. 강 선생이 잘 아는 사람입니다."

강유진이 인상을 찡그렸다.

자신의 주변에 그런 짓을 할 만한 사람은 없었다.

"당시 경찰의 프락치는 원찬명 씨였습니다."

"그럴 리가…… 그는……."

"네, 두 친구의 뒷바라지를 했다지요? 어쩌면 양심의 가책 때문이었을지도 모릅니다."

"……."

"실은 내사과에 다녀온 뒤로 기운이 없어 보인다는 말을 듣고, 따로 담당자를 만나 봤습니다. 박찬오 조사관이 강 선생에게 원찬명 씨의 숨겨진 선행에 관한 이야기를 했다고 하더군요. 그때 강 선생이 충격을 받은 것처럼 보였다고……."

"……."

"보통의 인간은 뼛속까지 악하지도 않지만, 그렇다고 성자도 아닙니다. 누군가 어떤 행동을 할 때는 거의 대부분 이유가 있는 법이지요. 그러니 너무 자책하지 마십시오. 강 선생의 선택에 잘못된 것은 없습니다."

"하아, 신경 써 주셔서 감사합니다."

"이상입니다."

박영찬 차장이 더 남은 게 없다는 듯, 두 손을 들어 보이며 웃었다.

그래도 마음에 미진함이 남는다면, 그건 강유진이 스스로 해결해야 할 그의 몫이다.

제 10 화

종말의 예언자

박영찬 차장의 추측대로였다. 살아남은 야쿠자들과 요조라는 호수공원의 참사 다음 날 도쿄에 도착했던 것이다. 도쿄에서 그들은 각자의 연고지로 뿔뿔이 흩어졌다. 강유진에게 큰 부상을 입은 요조라는 후안 페르난데스에게 치료를 받기 위해 곧바로 미국으로 날아갔다.

"그러니까 지금까지 우리가 찾아 헤매던 크라노시안이…… 한국 국정원 소속의 강유진이라는 거요?"

"그렇습니다."

후안 페르난데스가 세티쉬 카르나크를 힐끔 바라보았다.

이 문제에 관한 마신 세티쉬 카르나크의 의견을 따르지 않을 수 없는 상황이었다.

"요조라라고 했나?"

"예."

"너는 강유진이 에르 라크리마라고 확신하느냐?"

"그건 저도 잘……."

"왜지?"

"제가 보기에 그의 마법은 원소마법이었습니다. 하지만 에르 라크리마는 정령술사가 아닙니까?"

"크큭! 그렇다면 놈은 단지 크라노시안일 뿐이야."

이소빙이 조심스럽게 끼어들었다.

"하지만 저는 물론 그레이와 요조라까지 그에게 당했으니…… 평범한 크라노시안은 아닐 겁니다."

"아니, 너희들이 약한 거다."

세티쉬 카르나크가 단정적으로 말했다. 비록 눈앞의 사도들이 대단한 존재이기는 해도 자신은 그들을 제압할 자신이 있다. 강유진도 그런 것뿐이다.

하지만 세티쉬 카르나크가 생각하지 못하는 것이 있다.

자신도 마왕 암몬과 합일하여 마신이 되기 전까진 다른 마법사들과 별 차이가 없었다는 점이다. 그렇다면 당연히 강유진이 강한 이유에 대해 생각했어야 한다. 하지만 자신감에 충만한 -그리고 부활한 마신- 세티쉬 카르나크는 복잡하게 생각하려 하지 않았다.

"그런데 너희는 한국에서 뭘 하려고 했지? 그 조그만 나라에서?"

세티쉬 카르나크의 갑작스러운 질문에 후안 페르난데스는 당황했지만 이내 침착하게 답했다.

"소일거리로 2차 세계대전 이후의…… 국제 경제의 역학 관계 변화를 실험하고 있었소."

"흥, 마법사 아니랄까 봐. 알아듣기 쉽게 말해라."

"일본과 신흥 아시아의 공업국가들을 부작용 없이 원래의 위치로 돌리는 게 가능한가를 알아보던 중이오"

"원래의 위치?"

"1960년대에 일본이, 1980년대에는 한국, 그리고 2000년부터는 중국이 급성장했소. 그들의 성장에 비하면 유럽과 아메리카, 오스트레일리아는 거의 정체 상태였던지라 그 불균형을 해소시켜 보자는 게 우리의 목표였소."

"아하, 그러니까 잘사는 나라만 잘살아야 한다?"

"……."

후안 페르난 데스는 굳게 입을 다물었다.

그를 보고 있던 세티쉬 카르나크가 인상을 찡그렸다. 이해할 수가 없었기 때문이다. 루인족은 인간과 종이 다르다. 사도들에게 국가와 민족은 길가에 굴러다니는 똥만도 못 하다. 그런데 왜 저런 요상한 실험을 한단 말인가?

"그걸 통해 너희가 얻는 건 뭐지?"

"크라노시안을 위한 부(富)와 인간 지도자들의 변함없는 충성심이오."

"빙빙 돌리지 말고 말해라."

"아시아를 주저앉히고 얻은 반사이익으로…… 페로제도(Faeroe Is)에 최첨단 마탑을 세울 계획이었소."

페로제도는 대서양 북부 아이슬란드와 셰틀랜드 제도 중간에 있는 덴마크령(領)의 제도다. 풍광(風光)은 뛰어나지만 지형이 험하고 식물도 거의 없는 궁핍한 곳이었다. 전직 CIA요원으로 세계를 떠돌던 장우석의 기억에 그곳은 쓸모가 없었다.

"왜 하필 페로제도 인가?"

"그곳의 화산섬에 양질의 흑마석(black mana cristal)이 있기 때문이오."

"아하! 흑마석. 설마 너희들은 리프 카이트린도 포기한 그 빌어먹을 연구를 다시 할 셈인가? 저주받은 신(神)의 문(門)을 다시 열어 보겠다고?"

"……."

후안 페르난데스는 대답하지 않았다. 하지만 불쾌한 얼굴에 이미 대답이 들어 있었다.

세티쉬 카르나크의 얼굴에 조소가 떠올랐다.

"루인족은 마족보다 더한 종족이군."

"그렇게 말하는 당신도 한때는 루인족이었음을 잊지 마시오."

"뭐, 아무래도 상관없다. 중국, 러시아, 북한, 한국에서 국지전이라도 일어나게 만들 셈인가?"

"그렇게 될 거요."

"내가 할 말은 아니지만 그러다가 3차 세계대전이 일어나면? 지구인의 핵을 무시하지 마라. 저주받은 연구를 시작하기도 전에 모두 죽고 말 테니까."

"우리가 원하지 않는 한 그런 일은 일어나지 않을 것이오."

"……."

다시 말해 해당 국가들을 마음대로 주무를 수 있다는 소리다.

"응? 그렇다면 돈뿐만은 아니라는 말이군."

세티쉬 카르나크가 야릇한 눈으로 후안 페르난데스를 바라보았다.

자기들이 원하는 대로 다 조절할 수 있다면 굳이 전쟁을 일으킬 이유가 없지 않은가?

집요한 세티쉬 카르나크의 눈길에 후안 페르난데스는 결국 숨겨진 이유를 토해 놓고 말았다.

"흑마석에 영력(靈力)을 한계치까지 모으기 위해서 인간이 필요하오."

"그것도 반드시 아시아 사람의! 맞나?"

"……."

후안 페르난데스의 얼굴이 일그러졌다.

역시 마신 세티쉬 카르나크다.

“그렇소. 흑마석에 아시안의 영력이 가장 좋은 반응을 보였소. 그래서 안 됐지만 아시아가 선택 된 것이오.”

“전쟁이 나면 누가 사라져도 모르니까? 대체 그 미친 실험에 몇 명이나 필요한 거지?”

“하나의 흑마석을 완충하는 데 최소 십만이오.”

“몇 개나 만들려고?”

“당연히 사도들의 숫자 만큼이오.”

“흐흐, 그냥 니희가 바족해라. 너라면 나의 왕좌도 물려줄 수 있겠다.”

“어차피 인간은 우주의 쓰레기요. 지금도 쓰레기를 만들어 우주에 보내고 있고. 스스로 그 쓰레기에 갇혀 우주에 나가지 못하게 될 날이 올 거요.”

“루인족이라 인간에 대한 애정이 없군. 그럼 4개국 장관회의 때 뭘 어쩔 생각인가?”

“4개국 온건파(doves)의 수뇌인 그들은 모두 서울에서 죽게 될 것이오. 그들을 한 번에 처리하기 위해 4개국 장관회의를 개최한 거였소.”

사실 4개국 장관회의는 북한의 ‘아웅산 폭탄 테러’에 영감을 받은 후안 페르난데스의 작품이었다.

"좋아, 좋아. 죽음과 파괴…… 모두 내가 사랑하는 단어들이야. 하지만 그건 너희들의 연구과제일 뿐이야. 나의 관심사가 아니라는 말이지."

"으음, 그대가 원하는 것은 무엇이오?"

"긴장할 거 없어. 어렵지 않은 거니까. 내 앞에…… 강 · 유 · 진을 끌고 와! 놈이 절규하는 모습을 봐야겠다! 나의 이 손으로! 놈의 숨통을 끊게 해 달란 말이다!"

흥분한 세티쉬 카르나크의 입에서 보기 흉할 정도로 침이 튀었다.

마신 세티쉬 카르나크가 흥분하자 사도들은 숨을 죽였다.

끔찍한 살기와 마기가 회의실을 찍어 눌렀다.

한참 만에 겨우 흥분을 가라앉힌 세티쉬 카르나크가 나직이 말했다.

"……그렇게 한다면 너희들이 아시안으로 무슨 연구를 하든지 상관하지 않겠다. 흑마석으로 엘의 흉내를 내든, 이름을 알 수 없는 신이 되든, 마음대로 해라. 방해하지 않을 테니까."

"마신 세티쉬 카르나크, 그 약속의 말이 그대를 구속할 것이오."

"후후, 소심한 난쟁이들 같으니. 나를 오래 기다리게 하지 마라. 내가 직접 가서 놈을 죽이면, 애써 만든 흑마석도 모두 나의 것이 될 테니까."

루인족은 본래 키가 작았다.

그 특징에 빗댄 세티쉬 카르나크의 조롱에 후안 페르난데스는 속으로 이를 갈았다.

그러나 말없이 돌아섰다. 흑마석에 영력을 모으면 세티쉬 카르나크를 상대하는 건 일도 아니다. 그때까지는 참을 생각이었다.

그날 저녁 후안 페르난데스는 미국에 남아 있던 그레이와 이소빙 그리고 요조라를 다시 한국으로 보냈다. 그리고 세계 각지에 흩어져 있던 사도들에게 한국으로 갈 것을 지시했다. 당연히 사도들의 목표는 첫째가 테러요, 둘째는 강유진의 생포에 있었다.

*　　*　　*

강유진은 그날도 혁신전략사업부에 출근해 인터넷 웹서핑으로 시간을 보내고 있었다. 4개국 장관회의를 앞두고 얼마나 바쁜지 5과 요원들은 연락도 없었다. 덕분에 강유진은 과거 백수시절보다 더 한가한 일상을 보내고 있었다.

그럼에도 불구하고 강유진은 언제나 칭찬을 받는다. 모두 사나흘에 한 차례씩 반복되는 한무열 이사의 대본 없는 명품 연기 덕분이다. 그는 기획 초안을 두고 가면서 '수고하라'며 어깨를 두드려 주는가 하면, 며칠 만에 홀연히 나타나 '대단한 작품을 만들었다!' 고 칭찬했다.

물론 강유진이라고 타고난 철면피는 아니다. 언젠가는 하루 종일 인터넷 웹서핑을 하고도 칭찬은 물론 월급에 보너스까지 타먹는 게 양심에 걸려 진짜 기안을 제출한 적이 있었다. 그날 한무열 이사는 강유진을 따로 불러 근심스러운 표정으로 '내가 뭐 실수한 게 있소?' 라고 물었다. 그 뒤로 강유진은 그냥 한무열 이사의 장단에 맞춰 주고 있는 형편이다.

디리링.

휴대전화에서 울리는 소리에 강유진은 화면에서 눈을 뗐다.

휴대폰의 화면을 확인하니 이메일이 도착했다는 표시가 떠 있었다.

고개를 갸웃거리던 강유진은 휴대폰과 연동이 되게 설정해 놓은 메일 계정으로 접속했다.

가장 최근에 들어온 메일 제목이 눈에 들어왔다.

[Mr. 강, 만납시다.]

밑도 끝도 없이 만나자는 제목에 강유진은 고개를 갸웃거렸다.

지금의 이메일은 혁신전략사업부로 입사한 뒤로 새로 만든 계정이었다. 지급받은 휴대전화와 연동되게 설정했지만, 아직 누구에게 이메일을 보내 본 적도 없다. 그런데 누군가 그런 신규 이메일 계정으로 보란 듯이 연락을 한 것이다.

클릭해서 내용을 확인하던 강유진의 얼굴에 긴장이 감돌았다. 놀랍게도 그것은 그레이라는 사도에게서 온 것이었다. 내용은 제목과 같았다. 다른 점이라면 날짜와 약속장소 그리고 시간이 추가로 적혀 있었다는 것 정도다.

'대단한 조직이로군.'

강유진은 크라노스의 정보력에 혀를 내두르고 말았다.

한편으로 소름이 돋았다.

그들은 이미 자신에 대해 완벽하게 알고 있었다.

물론 박 의원의 일로 꼬리가 잡혔을 거라는 것쯤은 예상했다. 그런데 불과 며칠 전에 만든 이메일 주소로 연락할 줄은 몰랐다.

문득 '오래전에 이혼하고 독신으로 지낸다'는 사실이 위로가 됐다. 그게 아니라면 가족들에 대한 걱정으로 정신이 없었을 것이다.

혼란의 와중에 엉뚱한 생각이 스치고 지나갔다.

'무소의 뿔처럼 혼자서 가야 할 팔자인가?'

무지막지한 적들의 정보력에 놀라서일까? 불현듯 지인들의 얼굴이 하나씩 떠올랐다.

갑자기 한숨이 흘러나왔다.

정유미와 원찬명의 끔찍한 죽음이 떠오른 것이다.

그런 비극이 반복되게 해서는 안 된다. 하지만 어떻게? 자신의 모든 걸 속속들이 알고 있는데, 무슨 수로 지인들을 지킨단 말인가?

생각에 몰두해 있는 강유진의 귀로 누군가의 음성이 들려왔다.

"강 차장?"

"네?"

어느새 한무열 이사가 곁에 와 있었다.

"젊어서 그런지 집중력이 좋군. 뭘 그렇게 골똘히 생각하고 있나? 점심이나 함께하자고 왔네. 특별한 약속이 없다면 나와 함께 나가세."

"아, 네……."

강유진은 사양하지 않았다.

다른 점심 약속도 없었지만, 한무열 이사가 저렇게 나올 때는 다른 이유가 있어서라는 것을 알기 때문이다.

아니나 다를까?

이번에도 한무열 이사는 강유진을 엔터프라이즈 호텔로 데리고 갔다. 대한민국 최고의 호텔로 점심을 먹기에는 과한 곳이다.

별관 앞에서 한무열 이사는 자기 할 일을 다 했다는 듯 돌아섰다.

"여기서 보자는 분들이 계셔서 데리고 왔네. 그럼 나는 진짜 식사를 하러 가 봐야겠네. 수고하게."

"네, 감사합니다."

강유진은 뚜벅뚜벅 멀어져 가는 한무열 이사의 등 뒤에 대고 허리를 숙여 보였다. 원로의 이사를 심부름꾼으로 전락시킨 것에 대한 미안함이 담긴 인사였다.

천천히 별관 안으로 들어서자 낯익은 사람이 보였다. 언젠가

똥차를 끌고 왔다며 자신을 내쫓았던 총지배인이다.

총지배인이 다가와 정중하게 인사를 했다.

"강 선생님, 어서 오십시오. 안에서 일행이 기다리고 계십니다."

"아, 네……."

강유진이 어색한 미소를 지어 보였다. 과거의 사람과 이런 식으로 다시 만난다는 것은, 어느 쪽의 잘잘못을 떠나 얼굴이 화끈거리는 일이었다.

그건 총지배인에게도 마찬가지였나 보다.

"전에는 실례가 많았습니다. 모두 제가 부족해서 벌어진 일입니다. 그 뒤로 반성 많이 했습니다."

"아닙니다. 저도 그런 상황에 대해서 이해하고 있습니다."

"감사합니다. 그 일 덕분에 초심으로 돌아갈 수 있었습니다. 제가 다시 흐리멍텅해지면 방문해서 호통쳐 주십시오."

"어이쿠! 별말씀을요. 게다가 저는 이런 고급 호텔에 자주 올 주제도 못 됩니다."

"하하, 겸손의 말씀을. 가시지요."

말과 함께 총지배인이 앞장섰다.

총지배인이 간 곳은 별관의 일층에 있는 뷔페식 식당이었다.

그런데 식탁은 하나밖에 보이지 않았다.

무심코 식탁을 바라보던 강유진은 급히 머리 숙여 인사를 했다. 그곳에 임천수 회장과 동년배의 노부인이 앉아 있었던 것이다.

"강 선생, 어서 와요~."

임천수 회장이 어린아이처럼 손을 흔들었다.

당황한 얼굴로 멈칫하던 강유진은 결국 하나뿐인 테이블로 걸어갔다.

임천수 회장이 웃으며 옆자리의 노부인을 소개했다.

"인사하게. 이쪽은 이 호텔의 최고경영자인 신영희 회장이라네. 나와는 동향(同鄕)의 친구이기도 하지. 자네와 식사를 하게 해달라고 어찌나 졸라대던지. 내가 안 된다고 해도 막무가내야."

"안녕하십니까? 회장님. 강유진입니다."

강유진의 깍듯한 인사에 신영희 회장이 웃으며 손사래를 쳤다.

"호호, 신영희에요. 너무 하시네. 회장님 소리는 빼고, 앞으로는 그냥 이모라고 불러요. 사실은 누나라고 해도 되는데 강 선생님이 너무 젊어 보여서 양보한 거예요."

"그, 그런……."

강유진이 얼굴을 붉히며 신영희 회장과 임천수 회장을 번갈아 바라보았다. 소나기처럼 쏟아지는 갑작스러운 농담에 놀란 것이다.

"허허, 원래 이런 사람이니까 놀라지 말게. 이제 내가 이 친구 고집에 진 이유를 알겠지?"

"아, 네."

"어머, 네~래. 안 되겠네. 강 선생님, 식당에서 음식 남기면 안 되는 거 알죠? 오늘 여기 음식 다 먹고 싶어요?"
"헉, 뷔페 음식을요?"
강유진이 둥그렇게 진열되어 있는 음식 테이블을 둘러보았다.
"당연하죠, 여기 우리 외에 누가 또 있어요? 저한테 잘못 보이면…… 오늘 이 음식 다 먹어야 보내 줄지도 몰라요."
"죄송합니다. 아까는 실언을 했습니다, 이모님."
"오호호! 이제야 조금 마음에 드네요. 오늘의 그 마음가짐 잊어버리면 안 돼요!"
"네, 잘 알겠습니다."
"이런, 쯧쯧! 천하의 강 선생도 신 회장의 등쌀에는 견디지 못하는구먼."
"등쌀이라니? 그건 임 회장 동생인 임 · 경 · 수 씨에게나 어울릴 소리지. 내가 경수 씨 등쌀에 얼마나 체중이 줄었는데……."
신영희 회장은 생각만 해도 소름 끼친다는 듯 몸을 부들 떨었다. 작년 겨울 임경수 부회장의 말 한마디에 몇 억의 손해를 본 기억이 나서다.
"셋째는 나도 못 말려. 우리 집안에서 셋째의 말에 반대할 수 있는 사람은 지연이뿐이야. 나머지는 다 설설 긴다고. 오죽하면 집에서 별명이 독사야, 독사."
"역시 남자건 여자건 똑똑하고 봐야 해. 그죠? 강 선생님?"
"네, 똑똑에 약간의 미모가 첨가되면…… 천하무적이죠. 그런데, 차린 음식에 비해 사람이 너무 적은 거 아닌가요?"

강유진은 서민 가정에서 자란지라 이런 식의 낭비에 대한 거부감이 있었다.

신영희 회장이 미소를 지으며 답했다.

"괜찮아요. 오늘은 지난번 우리 직원의 실수에 대한 사과의 뜻으로 한턱내는 거예요. 그런데 강 선생님이 어떤 음식을 좋아하는지 몰라서 그냥 뷔페로 해 봤어요. 누가 그러더라고요, 만만한 게 뷔페라고. 후훗, 남는 음식은 잘 포장해서 복지단체에 기부하니까, 편안하게 드세요."

"험, 험, 만만한 게 뷔페라고 한 사람은 날세."

다소 장황한 설명을 듣고 난 뒤에야 강유진의 얼굴이 밝아졌다.

"아, 그렇다면 부담 없이 먹겠습니다."

명색이 회사원인 강유진이 먼저 접시를 들고 일어섰다. 점심시간이 정해져 있는 탓에 부지런을 떨어야 했던 것이다.

신영희 회장이 -열심히 음식을 퍼 담고 있는- 강유진을 물끄러미 보며 중얼거렸다.

"참 반듯한 젊은이네."

"그래, 그가 가진 힘을 생각하면 믿어지지 않을 정도로."

"조카가 반할 만도 해."

"그래…… 응? 우리 지연이? 신 회장이 지연이 마음을 어떻게 안다고?"

무심코 응대하던 임천수 회장이 고개를 갸웃거렸다.

"임 회장만 조카가 있나? 나도 몇 명 있어."

"뭐? 신 회장에게 조카가 있다고 치자. 그 조카가 강 선생을 어떻게 알아?"

"쯧쯧, 벌써 치매야? 몇 년 전에 교육 좀 시켜 달라고 보낸 애가 있잖아. 프린스턴 갓 졸업하고 들어온 애."

"아, 그 수재라고 자랑하던?"

"그래, 알고 보니 그 애가 강 선생의 밑에서 몇 년 일했더라고."

"허!"

"나도 몰랐는데, 이번에 사표 쓰겠다고 하면서 생전 안 하던 남자 얘기를 하는 거야. 가만히 들어 보니까 혁신전략사업부에 있는 강 선생 얘기더라고."

"난리 났군."

"왜?"

"난 우리 지연이랑 짝지어 주려고 했거든, 저만한 남자 없잖아."

"뭐? 임지연 박사? 휴우~ 하긴 애 딸린 이혼남이라는 게 조금 걸리지만 여자가 버리고 간 거라니까…… 흠은 아니지. 그런데, 저런 남자를 버리는 여자도 있어? 미국 가면 여자들이 미치나? 난 이해가 안 가네."

신영희 회장이 머리를 절레절레 흔들었다.

잠시 생각하던 임천수 회장이 손으로 입을 가리며 속삭였다.

"그런데 이건 내 짐작인데…… 강 선생은 여자들에게 별 관심이 없는 것 같아."

"정말?"

"벌써 내가 슬쩍 알아봤지. 전략기획실에 용모 단정한 여직원들이 꽤 되거든. 그런데 스캔들은커녕 여자들에게 눈길 한 번 준 적이 없다네."

"와아! 진짜 부처님 가운데 토막 뭐 그런 거야?"

깜짝 놀랐는지 신영희 회장의 음성이 살짝 높아졌다.

"이모님, 누가 부처님 가운데 토막이에요?"

어느새 음식을 가지고 돌아온 강유진이 털썩 앉으며 대화에 끼어들었다.

"있어요, 그런 사람. 그런데, 강 선생은 마음에 두고 있는 여자 있어요?"

"없습니다."

"여자를 다시 만날 계획은?"

신영희 회장이 집요하게 물었다.

"없습니다."

"왜요?"

"하늘이 허락하지 않는 것 같아요."

장난기가 사라진 강유진의 표정은 한없이 우울해 보였다. 그

바람에 신영희 회장과 임천수 회장은 더 이상 여자 얘기를 꺼낼 수가 없었다.

점심시간이 끝나기 전에 강유진은 사무실로 돌아갈 수 있었다.

자리에 앉아 차를 마시던 강유진의 얼굴에 문득 미소가 떠올랐다. 오늘 신영희 회장에게 몇 번이나 '이모님'이라고 불렀는지 기억이 나질 않았다. 2대 독자라서 친인척도 없는, 그래서 지금은 혈혈단신(孑孑單身)인 자신에게 '이모'라는 호칭은 특별한 것이었다.

하지만 즐거운 시간도 잠깐이다.

다소 들뜬 것 같았던 강유진의 얼굴은 곧 차갑게 가라앉았다.

지금의 자신에게 '인간관계를 넓힌다'는 것은 극히 이기적인 행위다. 자신과 친밀한 관계라는 이유 하나만으로도 상대가 위험해질 수 있다. 얼떨결에 신영희 회장을 '이모'라고 불렀지만, 신 회장뿐 아니라 주변의 모든 사람에게 거리를 둬야 한다.

'제길!'

크라노스가 주변 사람들에게 해를 끼치지 않도록, 암묵적인 규칙을 만들어야 한다. 마치 현대의 전쟁처럼 전투에 나선 당사자들만 피를 흘려야 하는 것이다. 어쩔 수 없이 휘말린 민간인의 희생은 그렇다 쳐도, 처음부터 지인을 목표물로 삼게 해서는 안 된다.

하지만 신사협정을 맺을 방법이 없었다.

만약 자신이 그런 제안을 하면 당장 지인들부터 납치해 갈게 뻔했다.

*　　　*　　　*

강유진은 퇴근 시간이 되자 그레이 사도에게 받은 이메일을 출력해서 5과로 찾아갔다.

그레이 사도의 이메일에 5과는 비상이 걸렸다. 국제범죄단체 크라노스와의 첫 공식 접촉을 앞에 둔 까닭이다. 5과의 창설이 크라노스에 대항하기 위한 것인 만큼 그레이 사도의 연락은 5과를 뒤흔들고도 남았다.

이메일을 읽고 분석하던 김미연의 입에서 한숨이 흘러나왔다.

"이 만나자는 제안이 크라노스의 공식 의견인지, 그레이 사도라는 사람의 개인적인 것인지…… 이것 하나만으로는 알 수가 없겠는데요?"

박세기 요원도 읽고 있던 이메일을 책상에 내려놓았다.

"저도 그렇게 생각합니다."

곰곰이 생각하던 김동식 팀장이 강유진에게 물었다.

"강 선생님의 생각은 어떻습니까? 단순히 만나 보자는 걸까요? 아니면 함정일까요?"

"함정은 아닌 것 같습니다."

"그렇게 생각하는 이유라도?"

"그들은 저에 대해서 너무 잘 알고 있습니다. 며칠 전에 새로 만든 이메일 주소를 알고 있을 정도죠. 저를 상대하기 위해서, 굳이 남산타워로 불러낼 이유가 없다고 생각합니다. 제가 어디에서 무엇을 하고 있는지 이미 알고 있을 테니까요."

"물론 그럴 수도 있습니다. 하지만 전쟁을 할 때 상대가 지금 A지점에 있다는 것을 아는 것과, A지점에 모종의 준비를 하고 유인하는 것은 하늘과 땅만큼의 차이가 있습니다."

"……."

강유진은 묵묵히 고개를 끄덕였다. 김동식 팀장의 지적이 옳았다.

하지만 그렇다고 피할 수는 없다. 무엇보다 자신은 물론 5과에도 크라노스에 대한 정보가 없다. 정보를 얻기 위해서라도 만나야 한다.

"그들의 목적이 무엇이건 일단은 만나 봐야 할 것 같습니다. 이런 기회도 흔치 않을 테니까요."

"확실히 그렇기는 합니다. 그럼, 일단 응하는 것으로 하시죠. 그들의 함정에 대비해 우리도 준비를 해 두겠습니다."

강유진은 다시 카메라가 달린 넥타이핀과 이어폰을 고막에 부착해야 했다.

김미연이 생글생글 웃으며 강유진의 귓속으로 이어폰을 깊숙이

밀어 넣었다.

"이제 적응이 돼서 불편하지 않으시죠?"

"아뇨, 귓밥이 가득 찬 기분입니다."

"호호, 그래도 이어폰을 무시하지 마세요. 그 녀석 덕분에 강 선생님을 구조해 올 수 있었다고요."

"……."

틀린 말이 아니었다. 그래서 강유진은 쓴웃음을 짓는 수밖에 없었다. 빼 버리고 싶은 귓밥을 애지중지해야 하는 기분이었으니까.

* * *

오후 6시 무렵부터 남산의 출입이 통제됐다. 5개 중대의 경찰특공대가 출동해 남산을 오르는 모든 진입로에 바리게이트를 쳤다. 가로막힌 길마다 '4개국 장관회의를 위한 대테러 진압훈련 중 통행을 금지합니다' 라는 입간판(立看板)이 서 있었다.

갑작스러운 훈련에 곳곳에서 불만이 터져 나왔다. 몇몇 중대장들은 만취한 시민에게 멱살을 잡히기도 했다. 그런 장면을 휴대전화로 찍어 트위터에 올리는 사람들도 있었다. '대한민국이 경찰국가냐!' 라는 원성 속에서도 막힌 길은 다시 열리지 않았다.

밤 9시가 되자 강유진은 남산으로 향했다.

남산으로 통하는 길은 시장통처럼 시끄러웠다. 6시부터 통제하고 있다는 걸 모르고 나온 시민들과 경찰이 대치하고 있는 탓이다.

그동안 전경들까지 동원됐는지 곳곳에 기동대의 버스가 보였다.

몇 걸음 걷기도 전에 전경들이 다가와 정중하게 앞을 막았다.

"테러 훈련 중이라 가실 수 없습니다."

뒤에서 웅성거리고 있던 몇몇 건장한 청년들이 '씨발 새끼들! 하필 남산타워에서 지랄들이래? 가까운 도봉산이나 북한산에 가서 해도 되잖아!' 라고 고함을 쳤다.

강유진은 전경에게 신분증을 꺼내 보이고 안으로 들어갔다.

뒤에서 악에 바친 욕설이 터져 나왔다.

"뭐야! 누구는 되고 누구는 안 돼? 씨발!"

"저 사람은 왜 들어가는데! 개새끼들아! 얼마 받아 처먹었어!"

"오늘 남산 다 막아 두고 장관들 회식하는 거 아냐? 지들이 왕이야? 개새끼들!"

온갖 욕들이 다 들려왔다.

강유진은 뒤도 돌아보지 않고 부지런히 걸었다.

저 사람들은 평온해 보이는 남산타워 인근에 707특수임무대대의 정예요원 백 명이 실전 배치되어 있다는 것을 모른다.

그리고 곳곳에 서 있는 경찰특공대가 들고 있는 총마다 실탄이 장전되어 있다는 것도 모른다.

무엇보다 남산에 인간의 목숨을 파리 목숨처럼 여기는 초인이 올 거라는 사실을 모른다.

'모를 때가 행복한 거지.'

사람들이 알게 되는 순간부터가 비극이다. 이미 많은 사람이 희생되고 난 뒤의 일일 테니까 말이다.

들어가는 입구만 엄격했지 정작 남산타워로 향하는 길에는 검문이 없었다. 물론 오가는 사람도 하나 보이지 않았다.

남산타워의 아래에 도착한 강유진은 주변을 둘러보았다.

너무 낮은 위치라 조금 답답한 느낌이다.

잠시 생각하던 강유진은 벤투스를 불러내 남산타워의 위쪽으로 날아올랐다. 그리고 토성의 띠처럼 남산타워를 감싸고 있는 원형의 구조물 위에 내려섰다.

서울 시내의 야경이 한눈에 들어왔다.

"좋군."

사람들이 왜 산 밑에서 아우성을 치는지 알 것도 같았다.

"좋은가?"

혼탁한 소리와 함께 타워의 위쪽에서 뭔가가 흘러내리는 듯싶더니 이내 사람의 형상을 갖추었다. 그는 회색의 사나이 사도 그레이였다.

"알고 보니 당신이 크라노시안이었더군."

"……."

강유진의 말에 그레이 사도의 입술 끝이 살짝 올라갔다.

강유진은 그가 웃고 있다고 생각했다.

그레이 사도가 탁하게 가라앉은 음성으로 말했다.

"그래, 그리고 당신은 크라노시안이 아니지."

"가만, 나는 왜 크라노시안이 아니지?"

아직 크라노시안의 정의를 정확하게 이해하지 못한 강유진이 되물었다.

그레이 사도는 작정하고 왔다는 듯 친절하게 설명했다.

"후후, 크라노시안은 '시간을 건너온 루인족 마법사'를 의미한다. 그러니 '에르 라크리마'인 당신이나 '마신'인 세티쉬 카르나크는 크라노시안의 범주에 들지 않아."

"마신? 그는 또 누구지?"

"당신과 악연으로 맺어진 마왕이다."

"뭐? 마왕? 나는 단 한 번도 그런 존재와 만난 적이 없는데?"

"보스턴에서 당신 손에 죽을 뻔한 장우석이 마지막 사도가 되었다. 아니, 마지막 사도가 될 뻔했지. 그러나 의장이 보관하고 있던 크리스털이 문제였다. 제국 마탑의 마법사인지 알고 소생시켰는데, 그 속에서 나온 건 마신 세티쉬 카르나크였으니까."

"잠깐, 나는 당신의 말을 알아듣지 못하겠어. 장우석은 뭐고, 사도는 또 뭔가? 크리스털과 마신에 관한 것도 이해할 수가 없다."

그레이 사도는 루인족의 마법에 대해 상세히 설명했다.

리프 카이트린이 연구하던 영혼전이와 크리스털에 대한 설명을 듣고 나서야 강유진은 상황을 이해할 수 있었다.

"그러니까 종말의 시대에 루인족의 고위 마법사들이 크리스털에 자신의 영혼을 봉인했다? 언젠가 다시 깨어날 날을 기다리면서?"

"그래, 수백 년 전 호기심 많은 마야족 주술사가 우연히 후안 페르난데스의 크리스털에 걸려 있던 봉인을 해제하면서…… 인간들은 모르겠지만 크라노시안의 시대가 열렸다."

"인간들이 모르는 크라노시안의 시대라는 건 무슨 의미지?"

"크라노시안이 인간을 지배하고 있다는 뜻이다."

"쳇, 당신들이 만든 '크라노스'는 고작해야 국제범죄단체가 아닌가? 그런데 인간을 지배했다니…… 과장이 심하군."

"후후후, 당연히 중세의 왕처럼 지배했다는 게 아니다. 마법사들은 그런 것에 관심이 없으니까. 인간의 역사가 마법사들이 원하는 방향으로 흘러갔다고 하면 알아듣겠나?"

"뭐, 일종의 음모론 같은 것인가?"

"그래, 음모론의 실체가 마법사들이라고 생각하면 될 거다."

"전쟁과 세계의 경제를 마법사들이 좌우했다는 건가?"

"똑똑하군."

"그런데 그런 비밀을 왜 나에게 가르쳐 주지? 나는 당신들의 적이라고 생각하고 있었는데."

그레이 사도가 복잡한 눈으로 강유진을 바라보았다.

"그건 당신이 에르 라크리마라는 걸…… 내가 알기 때문이다."

"에르 라크리마?"

강유진이 무심코 되물었다.

혹시 그건 초고대문명의 전승자라는 뜻일까? 블루 타블렛을 통해 초고대문명을 받았으니 그런 뜻인지도 모른다.

하지만 그레이 사도의 대답은 상상을 초월하는 것이었다.

"초고대문명의 마법사들은 종말의 예언자를 가리켜 에르 라크리마라고 했다."

"그럼 내가 종말의 예언자라고?"

"그렇다."

"혼자서 북 치고 장구 치고 다 하는군. 미안하지만 나는 종말에 대해 아는 게 없다."

"그래서 내가 당신을 찾아온 것이다."

그레이 사도가 강유진의 눈을 똑바로 바라보며 힘주어 말했다.

"강유진, 당신은 초고대문명이 왜 멸망했는지를 알아야 한다."

〈다음 권에 계속〉

그로스 언리미티드

주현성 판타지 장편소설

FANTASYSTORY & ADVENTURE

그로스Gross 내스티Nasty,
이제부터 그것이 자네의 이름이네
자네의 모습을 보니 그 이상 가는 이름은
찾을 수 없을 것 같군.

이름을 지어준 친우가 살해당한 그때,
무한한 잠재력을 지닌 괴물이 복수를 결심했다!

dream books 드림북스

장르문학을 세공하는 판타지 소설계의 장인(匠人)
『아트 메이지』, 『하이로드』의 작가
기천검 판타지 장편소설
케노스 전기
KENOTH
BIOGRAPHY
명예의, 명예에 의한, 명예를 위한 전사 케노스!
전사의 새로운 패러다임을 제시한다.
dream books
드림북스

시니어 신무협 장편소설
ORIENTAL FANTASYSTORY & ADVENTURE
일보신권
문피아 골든 베스트 1위, 그 빛나는 영광!
시니어 신무협 장편소설.
천하를 놀라게 한 파격적인 소림무공,
그 비밀은 배고픔과 절제!
이제 무공도 근검절약의 시대,
최소한의 움직임으로 최대의 효과를 얻는다!
dream books
드림북스

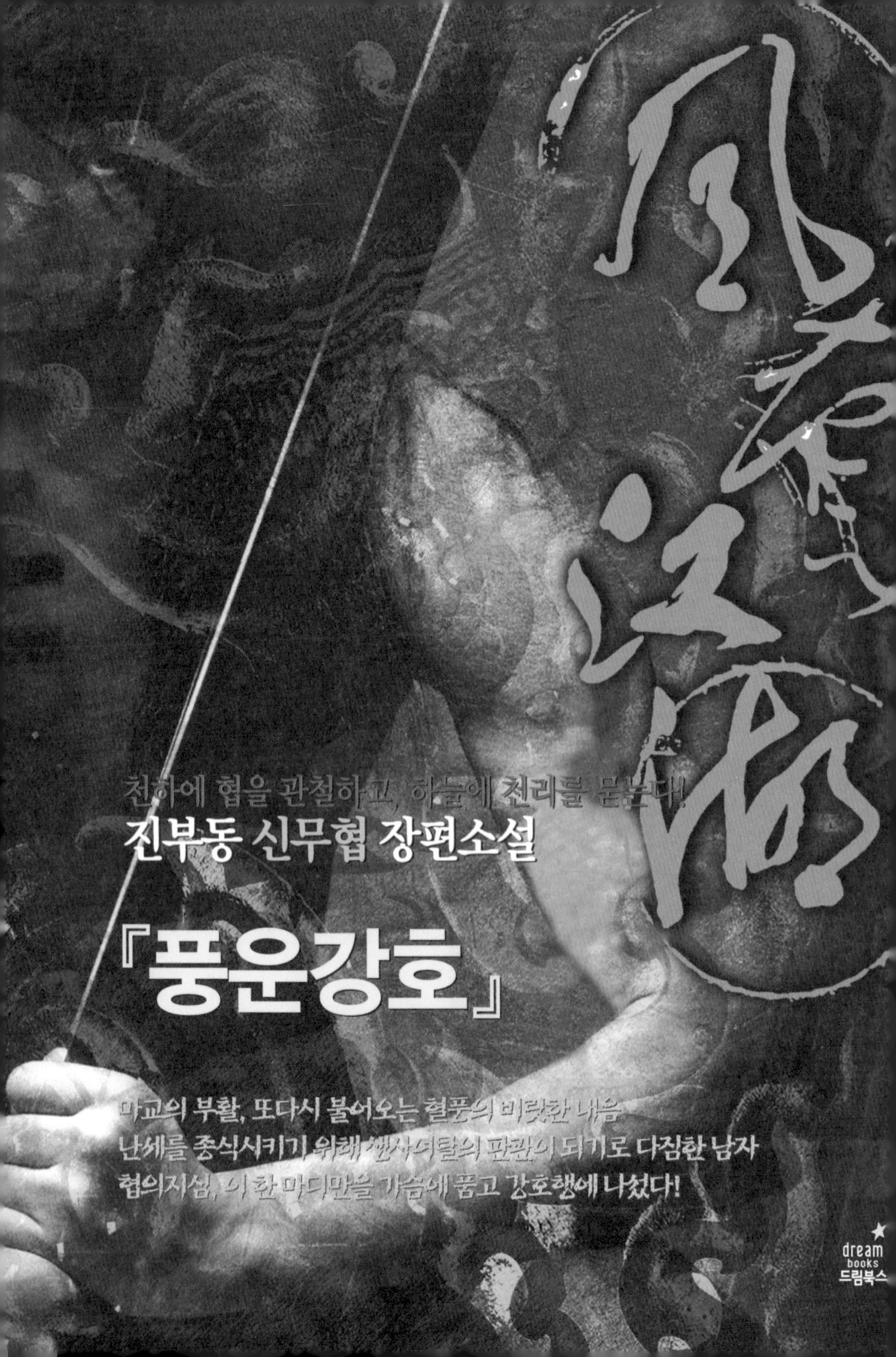

천하에 협을 관철하고, 하늘에 천리를 묻는다!
진부동 신무협 장편소설
『풍운강호』
마교의 부활, 또다시 불어오는 혈풍의 비릿한 내음
난세를 종식시키기 위해 '생사여탈의 판관'이 되기로 다짐한 남자
협의지심, 이 한 마디만을 가슴에 품고 강호행에 나섰다!
dream books
드림북스